KB119777

**일단 한번
매달려보겠습니다**

일단 한번
매달려보겠습니다

어느 내향인의 클라이밍 준비로그

설인화 지음

위즈덤하우스

어쩌다 클라이밍

'어느덧 삼십 대 중반의 7년 차 직장인.'

'친구도 별로 없고 쉬는 날이면 집에만 콕 틀어박히는 근육량 제로의 종이 인형.'

이런 내가 취미로 클라이밍을 한다고 하면 다들 놀라움을 금치 못한다. 아마도 '클라이밍' 하면 떠오르는 동적이고 활발한 이미지가 평소 내 모습과는 영 어울리지 않는다고 생각하는 것 같다. 하기야 내가 겉으로나 속으로나 내향인에 가까웠으면 가까웠지 외향적인 사람처럼 보이지는 않으니까.

클라이밍을 한다고 하면 대부분의 사람들이 화려한 의상

과 몸을 던지는 격렬한 동작, 정상까지 올라가는 끈기와 강인해 보이는 근육질의 몸을 떠올리는데, 암장(아직 사전에는 등재되지 않았지만 '인공 합판 또는 건물의 벽면에 구멍을 뚫거나 인공 손잡이를 붙여서 인공 암벽 시설을 갖춘 곳'을 일컫는데, 여기서는 실내 암장을 지칭한다)에 꼭 그런 사람들만 있는 것은 아니다. 클라이밍을 한 지 햇수로 5년이 되었으나 항상 눈에 띄지 않게 한구석에 자리 잡고 혼자서 묵묵하게 벽에 매달리는 나 같은 사람도 있다. 알록달록한 홀드(암벽 등반 시 잡고 올라가는 벽에 붙어 있는 돌 모양의 구조물을 가리키는 말)로 둘러싸인 화려한 암장, 그 안의 활기 넘치는 사람들 틈에서 내향적인 내가 운동을 지속할 수 있었던 것은 무엇 때문이었을까.

고백하건대, 나는 지금까지 살면서 꿈을 꾸어본 적도, 인생의 주관을 가져본 적도 없었다. 그저 주어진 역할에 충실하다 보면 남들처럼 보통의 삶을 살게 되리라고 생각했다. 그 결과, 성장 과정에서 나의 목표는 '남들만큼만 하자'였고, 최대한 평범하게 사는 데 모든 초점이 맞춰져 있었다. 운이 좋았던 것인지 서른이 되기 전까지는 그 목표가 썩 어렵게 느껴지지 않았다.

십 대 때는 학생의 본분을 다하기 위해 공부에만 매달렸고 그때는 수능만 잘 치르면 인생이 알아서 저절로 풀리는 줄 알았다.

하지만 대학생이 되어 꼭 그렇지만은 않다는 것을 깨닫고, 다양한 경험과 스펙을 쌓을 겸 장학금으로 어학연수를 다녀오기도 했다. 인도로 배낭여행을 훌쩍 떠나기도 했으며, '한 달 살기'라는 개념이 생소할 때였으나 해외에서 일정 기간을 현지인처럼 살아보고 싶은 마음에 워킹홀리데이 비자를 받아 단돈 60만 원을 들고 호주로 떠난 적도 있다.

이후 취업이라는 관문을 어렵게 통과, 두어 번의 이직을 경험하고 나니 어느덧 서른을 지나고 있었다. 슬슬 남들처럼 결혼해보려 했지만 공교롭게도 잘 안 됐고, 새로운 사람을 만나보려고도 했지만 그마저도 쉽지 않았다. 아마 그즈음이었던 것 같다. 내 인생에 무료함이 찾아든 것이. 세 번째 직장에 정착하여 어느 정도 적응을 마치고 삶의 패턴이 굳어질 무렵, 인생에 본격적인 '노잼 시기'가 찾아왔다.

학창 시절에 어울려 놀던 친구들은 각자가 선택한 삶의 방식에 따라 뿔뿔이 흩어졌고, 결혼과 출산을 겪으며 점점 연락이 뜸해졌다. 삶의 다양한 변화에 따라 주어지는 역할에 맞춰 성장해가는 친구들의 모습에 비해 회사와 집만 오가는 내 삶은 어딘가 모르게 단조롭고 지루하게 느껴졌다.

물론 나 역시 그들처럼 되고자 노력하지 않았던 것은 아니다. 결혼도 하고 아이도 낳아 누구보다 바쁘고 알차게 평범한 삶을 꾸려가고 싶었다. 하지만 삼십 대에 들어서니 그 모든 것을 이루기가 쉽지 않았다. 결혼을 꿈꿨던 연인과 이별한 후 그 충격을 극복하기가 힘들었고, 이후 찾아온 감정들을 제대로 추스르지 못한 채 시간만 흘렀다.

그전까지만 해도 내가 인생에서 바랐던 것들은 열심히 노력만 하면 그럭저럭 아쉬운 대로 이룰 수 있는 것들이었는데. 살다 보니 노력으로도 안 되는 것이 있음을 뒤늦게 깨닫고 '서른춘기'를 앓았다. 그것도 아주 심하게.

그 시기의 나는 '아무래도 나는 남들처럼 살기 어려운가 보다, 평범하게 산다는 것이야말로 참 쉽지 않은 일이구나' 하는 생각으로 하루를 따분하고 지루하게 보내기 일쑤였다. 오직 평범함, 남들에게 뒤처지지 않는 것만을 목표로 살아왔으나 그것이 내 뜻대로 할 수 있는 일이 아님을 깨닫고 깊이 좌절했다. 나 자신이 부끄러웠고 사람들의 연락이 와도 피하고 만 싶었다. 할 수만 있다면 세상에서 나라는 존재를 지워버린 채 사람들의 기억 속에서 조용히 잊히기만을 바랐다.

당시 멍하니 누워 있을 때면 매일같이 생각했다.

'아, 지금처럼 살다 죽는 거라면 나중에 할머니가 되어서 죽나 지금 죽나 뭐가 그렇게 다르지?'

답답하지만 안전한 방구석에서 바깥세상의 일들을 지켜보 며 나와는 전혀 무관한 일이라 여겼다. SNS로 지인들의 멋진 삶을 동경하면서도 나와는 거리가 멀다 생각했다. 마치 동화 『라푼젤』의 주인공처럼 말이다.

그러다 문득 이런 생각이 들었다.

'라푼젤은 왜 탑에 갇혀 있을 수밖에 없었을까? 누군가가 자신의 머리카락을 타고 올라와 구해주기만을 바랄 것이 아 니라 스스로 내려갔다면 어땠을까. 그녀에게는 탑에 매달려 탈출할 능력이 진정 없었던 것일까?'

동화 속 그녀에게 한 번쯤은 그렇게 물어보고 싶어졌다.

그런 생각이 들자 왠지 이대로는 안 될 것 같았다. 안전한 탑, 아니 방구석에 스스로를 가둔 채 지내기만 해서는 앞으로 내 인생에 멋진 일은커녕 어떤 일도 영영 일어나지 않을 것 같았다. 어느 날 갑자기 누군가 집으로 쳐들어와 모험이 시작되기만을 바랄 수는 없는 노릇이니까.

결국 답은 하나였다. 집 밖으로 한 발자국이라도 나서는 것. 오랫동안 갇혀 지낸 내 모습이 답답하고 부끄러워 사람들 앞에 나서고 싶지 않았지만 그럼에도 용기를 내야 했다. 동화 속 라푼젤에게 물을 것이 아니라 밖에 나가 스스로 그 답을 찾아야겠다는 생각이 들었다.

차례

PART 2 ▶
내려올 것을 알지만
그래도 올라가보겠습니다

PART 1 ▶

떨어질 것을 알지만
그래도 매달려보겠습니다

⏸ ⏭ 🔊 ━━━●━

당신은 클라이밍을 하면 안 된다

2019년 여름, 〈엑시트〉라는 영화가 개봉했다. 도심 한복판에 유독가스가 누출되었다는 가상의 재난 상황을 배경으로 한 영화인데 자욱하게 피어오르는 가스를 피해 생존하려 고군분투하는 주인공들의 액션이 일품이다. 이때 주인공들의 액션 장면을 위한 소재로 기존 영화들에서는 잘 다루지 않았던 '클라이밍'이라는 운동이 차용되었고 평단과 대중에게 신선하다는 호평을 받으며 흥행에도 성공했다.

살아남기 위해 끝없이 달리고 하염없이 매달리는 주인공들의 모습이 인상 깊었던 것인지 당시 생소했던 클라이밍이라는 운동은 이 영화를 계기로 급격하게 주목받기 시작했다. 실제로 그 무렵부터 암장에 새로 등록하거나 체험을 하러 오는 이들도 부쩍 늘어났다.

평소 내가 꾸준히 클라이밍을 해왔다는 것을 아는 지인들이 그 운동 어떠냐며 물어보거나 한번 해보고 싶다며 조르는 일도 빈번했지만 그런 말을 들을 때마다 반갑고 기쁘다기보다는 어떻게 대답해야 할지 몰라 무척 고심하게 되었다.

아마 클라이밍이 수영이나 필라테스, 달리기 등이었다면 나 역시 적극적으로 권했을지 모른다. 하지만 클라이밍은 그런 운동과는 성격이 달라 관심을 갖는 이들에게 선뜻 한 번 체험해보라며 권하기가 힘들었다. 그것은 이 운동이 널리 알려지는 게 싫다거나 나만 알고 싶어서라는 다소 편협한 마음과는 상당히 거리가 먼 다른 차원의 이유에서였다.

클라이밍은 사실 '익스트림 스포츠Extreme Sports(부상이나 위험을 무릅쓰고 다양한 묘기를 펼치는 스포츠)'로 분류되는 운동이다. 예전에 다니던 회사의 상사는 내가 클라이밍을 한다는 것을 알고 이렇게 말씀하셨다.

"클라이밍, 나도 참 하고 싶었는데. 그거 하면 보험이 안 된다 하더라고."

그러면서 본인은 한 가정의 가장인데 괜히 그것을 하다 떨어져서 다치기라도 하면 큰일이지 않겠느냐며 말끝을 흐렸다. 결국 그분은 클라이밍에 대한 마음을 접고 아쉬운 대로 크로스핏이나 근력 트레이닝으로 욕구를 달래야만 했다(최근에 인공 암벽을 오르는 스포츠 클라이밍이 보험금 지급 거부 사유가 되는 전문 등반이라 볼 수 없다는 법원의 판결이 나오기도 했으나 당시에는 그렇지 않았다).

내가 지인들에게 클라이밍을 섣불리 추천하지 못하는 이유도 바로 그 때문이다. 그동안 여러 암장을 다니며 다치는 사람들을 너무 많이 봐왔다. 가벼운 찰과상이나 타박상은 부지기수이고, 구급차에 실려 가는 사람을 목격하는 일도 왕왕 있었다. 부상을 당한 이들 중에서는 수술을 받고 몇 달씩 병원에 입원하거나 꾸준히 재활치료를 받아야 하는 사람들도 있었고 심지어 부상의 후유증으로 회사에 휴직계를 내는 경우도 봤다.

그래서인지 주변 사람들이 클라이밍 관련 콘텐츠를 보고 '나도 한번 해볼까?' 하는 뜻을 내비치면, 괜히 가벼운 마음으로 시작했다가 혹 큰 부상을 당하지는 않을까 걱정이 앞섰다.

지금도 나는 클라이밍을 두고 '이거 진짜 재미있어. 한번 해봐'라고 쉽게 말하지 않는다. 상대가 관심을 가지고 물어오면 그제야 묻는 말에 대답만 해줄 뿐, 결코 내 쪽에서 먼저 권하지는 않는다. 오히려 다음에 해당되는 사람들이면 적극적으로 만류하는 편이다.

- 부양가족이 있는 사람
- 평발이거나 발목, 무릎 건강이 좋지 않은 사람
- 허리, 목 디스크가 있는 사람
- 손가락 관절이 약하거나 안 좋은 사람
- 피부에 상처 나거나 멍드는 것이 싫은 사람
- 네일아트, 페디큐어를 포기할 수 없는 사람
- 이전에 다른 운동을 한 번도 해보지 않은 사람

이런저런 이유를 들어 말리다 보니 "너도 하면서 나는 왜 안 된다는 거야?"라고 물어오는 지인도 있었다. 겉으로 보기에 내가 클라이밍 같은 운동과는 거리가 멀어 보여 반문하는 것일 텐데 그러면 나는 이렇게 응수한다.

"그것은 마치 나의 인도 여행 같은 거지. 혼자서도 재미있게 다녀오기는 했지만 누가 간다고 하면 가급적 혼자서는 가지 말라고 말릴 거야."

그 말을 들으면 대부분 아, 하고 무슨 말인지 알겠다는 듯 수긍한다.

이십 대 초반 무렵 혼자서 인도로 배낭여행을 다녀온 적이 있었는데, 당시 고생을 조금 하기는 했지만 돌이켜보면 평생 기억에 남을 소중한 추억을 많이 만들고 돌아왔다.

그럼에도 지금 누가 혼자서 인도로 자유 여행을 가겠다고 하면 한사코 말릴 것이다. 그곳에 있는 동안 현지에서 직접 보고 듣고 겪은 위험한 상황이 너무도 많았기 때문이다. 한국에서는 감히 상상도 하지 못할 일들이 매일같이 벌어져 재미있기도 했지만, 한편으로는 '그 고생을 굳이 거기까지 가서 해야 할까?' 싶기도 하다. 그런 의미에서 나의 인도 여행과 클라이밍은 비슷하다고 볼 수 있다.

나는 클라이밍에 조금이라도 관심을 가지고 물어오는 사람이 있으면 이 운동의 장단점을 최대한 가감 없이 이야기해준다. 클라이밍은 정말 재미있고 중독성 있는 운동이지만, 지난 5년간 이 운동을 하면서 만난 사람들 중 정도에 상관없이 한 번도 다치지 않은 사람은 없었노라고 단단히 일러둔다. 한 번 빠지면 헤어 나올 수 없는 재미가 있는 것은 분명하지만, 아무리 재미있다 하더라도 그보다는 건강이, 현생이 최우선이어야 한다고 생각하기에.

만약 이런 이야기를 듣고서도 클라이밍을 하려 한다면 부디 다음 수칙을 지켜 가능한 안전하게 시작해보기를 바란다.

암장이나 센터의 초급반 강습을 반드시 수강한다

암장이나 클라이밍 센터를 방문하면 대부분 일회성으로 한 시간 정도의 클라이밍 체험 강습을 들어볼 수 있다(단, 시간대가 정해져 있는 경우가 많으니 사전에 예약은 필수). 이후 재미를 느껴 주기적으로 암장에 다니기로 결심했다면 각 암장 및 센터에서 운영하는 초급반 강습을 무조건 듣기 바란다.

체험 강습 때는 주로 아주 기초적이고 쉬운 난이도의 동작만 체험해볼 수 있고, 각종 홀드들의 특성과 스텝, 기술 등을 배우려면 어느 정도 시간이 걸린다. 최소 1~3개월 정도는 수업을 들으며 다양한 유형들을 접하고, 각 홀드와 그에 따른 대응법을 파악하는 과정이 반드시 필요하다(초급반 강습은 보통 3개월 정도의 코스로 구성되어 있고 각 암장의 이용권과 같이 묶어서 패키지로 결제 가능한 경우가 많다). 특히 운동을 시작한 지 얼마 안 된 초반에는 의욕이 앞서 다치기 쉬운데 수업을 들으며 강사 혹은 다른 수강생들과 함께 등반하다 보면 위급 상황이 발생해도 바로 대응할 수 있다.

운동 전 몸풀기는 필수

본격적으로 등반을 시작하기 전에 몸을 제대로 풀지 않으면 다치기 쉽다. 정말 기본적인 사항인데 하다 보면 의외로 지키지 않는 사람이 꽤 된다. 늘 똑같은 스트레칭이 지루하다면 암장에 있는 지구력 트레이닝 벽을 천천히 왕복하거나(자세한 내용은 86쪽에) 가벼운 신체 활동으로라도 꼭 몸을 풀고 시작해야 한다.

암장은 오늘만 여는 것이 아니다

이제 막 운동을 시작한 초창기에는 의욕이 앞서 무작정 벽에 매달리게 된다. 암장의 분위기와 홀드들에 어느 정도 익숙해지면 계속 버티면 될 것 같다는 감이 오기도 하지만, 이제 막 클라이밍을 시작한 경우라면 이야기가 달라진다. 오기로 버티다가 도리어 힘만 다 쓰고 떨어지게 된다. 그럴 때 한 번쯤 상기해보면 좋은 사실은, '암장은 오늘만 여는 것이 아니다'라는 것이다. 암장은 내일도 열고 모레도 연다. 열심히 하기는 했지만 왠지 성에 차지 않는 날에도 적당한 선에서 끝을 맺고 다음을 기약할 수 있어야 한다. 그래야 안전하고 즐겁게, 오래 할 수 있다.

첫 시도, 몰입의 기쁨

명절을 앞둔 어느 날이었다. 그해 명절 연휴는 조금 긴 편이었지만 나는 고향에 내려가지 않고 서울에서 혼자 지낼 생각이었다. 그러던 중 연휴 내내 집에만 있기에는 다소 심심할 것 같아 이것저것 찾아보던 중, 마침 소셜커머스에 올라온 클라이밍 일일 강습 모집 글을 보게 되었다.

게시 글에는 자세한 내용과 함께 사진도 첨부되어 있었고 그중 암벽을 오르는 강사의 강인한 모습이 시선을 잡아끌었다. 클라이밍이라는 운동이 있다는 것은 진즉에 알고 있었지만 그게 어떤 것인지 이미지로라도 확실히 보게 된 것은 그

때가 처음이었다. 보는 순간 마치 오래전부터 늘 꿈꿔왔던 대상이 눈앞에 나타난 것 같은 기분마저 들었다.

그럴 일은 없겠지만 혹시라도 '내가 클라이밍에 소질이 있어 이 운동을 잘하게 된다면 액션 영화나 첩보 영화 같은 상황이 벌어졌을 때 생존에 조금은 유리하지 않을까' 하는 생각을 잠시 하였고, 그 와중에 손은 이미 체험 강습 예약 버튼을 누르고 있었다.

암장에 처음 방문한 날은 시간이 꽤 흐른 지금도 생생하게 기억이 난다. 암장은 어느 허름한 상가의 지하에 위치하고 있었다. 조금은 긴장되고 두근거리는 마음으로 주위를 살피며 조심조심 계단을 다 내려간 순간, 가장 먼저 눈에 들어온 것은 출입구에 잔뜩 쌓여 있던 신발이었다. 가만히 서서 보고 있으니 왠지 지하 특유의 퀴퀴한 냄새에 신발 더미의 냄새가 더해져 코를 찌르는 것 같았다.

강사의 안내에 따라 신고 온 신발을 벗고 안으로 들어서자 암장 내부가 보였다. 얼핏 보기에도 평수는 꽤 넓은 듯했다. 하지만 수많은 홀드들이 붙어 있어서인지 좁고 빡빡해 보였고, 바닥에는 두툼한 매트가 깔려 있어 천장과 바닥의 거리가 그다지 멀지 않게 느껴졌다.

　지금에 와서 다시 생각해봐도 확실히 암장과의 첫 대면에서 받은 첫인상이 마냥 좋지는 않았던 것 같다. 생각보다 열악한 환경에 짐짓 놀랐다. 그동안 운동이라고는 쾌적하고 깔끔한 스튜디오에서 진행하는 필라테스나 EMS 트레이닝 정도만 경험해봤던 나에게 암장은 시각적으로나 후각적으로나 다소 충격적인 공간이었다. 강습을 신청할 당시 보았던 사진 속의 장소는 끝내 찾을 수 없어 왠지 속았다는 기분마저 들 것 같았다.

　하지만 수업이 시작됨과 동시에 나는 그 모든 것을 새까맣게 잊어버리고야 말았다. 강사를 따라 어설프게 몸을 풀 때까지만 해도 턱걸이 한 개조차 못 하는 내가 과연 클라이밍이라는 것을 제대로 해볼 수 있을지 걱정스러웠지만, 막상 벽에 매달리고 보니 모든 것이 기우였다.

　처음 홀드를 잡고 벽에 몸을 바짝 붙여서 버티던 그 순간, 턱걸이를 할 수 있느냐 없느냐는 그다지 중요한 문제가 아님을 깨달았다. 오히려 전혀 상관없었다. 중요한 것은 당장 내 몸이 벽에 붙어 있다는 사실과 그 상태로 강사가 찍어주는 다음 홀드로 곧장 손을 뻗어내야 한다는 것이었다. 벽에 매달린 상태가 되자 다음 홀드를 잡아야 한다는 의무감에 사로잡혀 정신을 차리기 어려웠다.

그날은 수업 내내 선생님이 지휘봉으로 가리키는 다음 홀드만 쳐다보며 어떻게 해서든 그쪽으로 가기 위해 손을 뻗기 바빴다. 두세 번의 시도 만에 네일아트를 한 손톱은 그새 다 깨져버렸고 손바닥은 온통 허옇게 트고 말았다. 발이 아플 정도로 꼭 맞게 신는 거라던 암벽화는 또 어찌나 발가락을 꽉 조여오던지 나중에는 '이러다 발에 피가 통하지 않는 것은 아닐까?' 심각하게 걱정이 될 정도였다.

그렇게 한 시간가량 지났을까. 수업이 끝난 직후의 내 모습을 보니 완전히 엉망진창이었다. 그동안 해왔던 다른 운동들의 힘듦과는 차원이 다른 피로가 몰려왔다. 내가 '매달리기'라니. 살면서 그다지 경험해보지 못한 낯선 행위에 반항이라도 하듯 몸 여기저기에서 갖가지 통증을 호소하며 처절한 비명을 질러댔다. 손가락, 발가락은 애초에 내 것이 아니었던 것처럼 힘이 들어가지 않았다. 고작 한 시간 정도를 벽에 매달렸을 뿐인데, 온몸에 힘이 다 빠져 기진맥진한 상태가 되어버린 것이다.

그런데 그 순간, 기분이 참 묘했다. 몸은 지쳐 축 늘어져 있었으나 왠지 모르게 상쾌했다. 그동안 다른 운동을 할 때는 내내 인상을 찌푸린 채 애꿎은 시계만 흘끔거리고 앞으로 얼마나 더 해야 하는지 계산하기 바빴다면 이번에는 달랐다. 운동 외에는 다른 생각이 전혀 들지 않았다. 벽에 온 힘을 다해 매달린 채 '이다음에는 어떻게 움직여야 하지? 어떻게 하면 손이 다음 홀드에 닿을 수 있지?'만을 골똘히 생각하다 보니 시간이 어느새 훌쩍 가 있었다.

운동을 하면서 이런 기분을 느낄 수 있다니 새삼 놀라웠다. 단순히 벽에 매달려 있을 때 시간이 빨리 가서 그런 것만은 아니었다. 그보다 더 놀라운 것은 운동을 마치고 난 뒤 내 마음속에 자리 잡은 아쉬움이었다. 한 번 벽에 매달렸다가 내려올 때마다 나도 모르게 얼른 다시 내 차례가 돌아와 또 올라가고 싶다는 생각이 들었다.

암장에서는 안전을 위해 한 사람씩 차례로 매트 위에 올라가 겹치지 않는 동선으로 홀드를 잡고 오른다. 그 모습은 마치 전에 배운 수영과 비슷했는데, 다른 것이 있다면 수영은

차례가 돌아오는 것이 부담스러워 몇 바퀴를 더 돌아야 하는지 세어보기 일쑤였지만 클라이밍은 오히려 내 순서를 손에 꼽으며 기다리게 된다는 것이었다.

전에 필라테스 그룹 수업을 받으면서는 다른 사람들이 취하는 동작의 반의반도 소화하지 못하는 뻣뻣함을 혹여 남들이 보고 비웃지는 않을까 신경이 쓰였지만 클라이밍은 그럴 겨를조차 없었다. 내가 벽에 붙어 있을 때는 모두의 시선이 오직 내게로 집중되는데도 그것이 전혀 부담스럽지 않았다. 오랜만에 느껴보는 순수한 몰입감과 개운함으로 인해 몸 안에서 웅크리고 있던 작은 세포 하나하나까지 전부 시원하게 기지개를 켜는 듯했다.

그동안 다른 운동을 할 때는 목적이 비교적 명확했다. 꼭 건강 때문이 아니더라도 체력이나 일상의 활력을 위해 (남들도 다 하니까) 숙제하듯이 운동을 해치워왔고 그 안에는 하기 싫은 마음이 언제나 짙게 깔려 있었다. 운동을 하러 가서도 대체 이 시간에 내가 왜 여기 와서 이것을 견디고 있어야 하는지 스스로에게 의문을 던지고는 했다.

하지만 이번에는 달랐다. 건강과 체력, 생존에 유리하고 불리하고를 다 떠나서 운동을 한다는 사실 자체에 순수하게 몰입해보기는 살면서 처음이었다. 체험 강습을 마치고 나오니 운동을 했다기보다는 재미있는 게임 한 판을 했을 때나 놀이공원의 놀이기구를 타고 놀다 왔을 때의 신나는 기분이 들었다. 지금껏 해온 여러 운동과 비교해도 딱히 열심히 한 것 같지 않음에도 온몸 구석구석에 고루 자극이 느껴졌다. 그저 게임을 하듯 재미있게 시간을 보냈을 뿐인데 바로 근육통이 느껴지다니! 재미있게 놀면서 해도 운동 효과는 확실한 듯했고, 이런 운동이라면 기꺼이 얼마든지 할 수 있을 것 같았다.

주인을 잘못 만난 탓에 그간 고요히 잠들어 있던 나의 근육들은 난데없는 상황에 적잖이 당황했을 테지만, 나는 온몸으로 생생하게 느껴지는 이 요란한 근육통이 고통스럽기보다는 오히려 반가웠다. 운동도 재미있을 수 있구나, 재미있으면 그 후의 고통은 별로 대수롭지 않게 느껴질 수 있구나 하는 생각이 들었다. 낯설지만 신선한 즐거움이었다. 공들여 한 네일아트가 망가지는 것이나 고운 손이 거칠어진 것 따위는 전혀 신경 쓰이지 않았다.

"클라이밍 왜 하세요?"

지금껏 운동을 하면서 숱하게 받았던 질문이지만 막상 떠오르는 말이 없어 대답을 망설이고만 있었으나 이제는 분명히 대답할 수 있을 것 같다. 첫 체험 수업에서 벽에 매달리며 느낀 순수한 몰입의 기쁨이 클라이밍을 시작하게 된 결정적인 계기가 된 것 같노라고.

　어쩌면 그날 집으로 돌아오는 길에, 나의 삼십 대를 혹은 그보다 더 오랜 시간을 이 운동과 함께하게 될지도 모른다는 것을 이미 예감했는지도 모르겠다.

클라이밍을 둘러싼 오해

클라이밍이 어떤 운동인지 물어오면 자주 드는 비유가 있다.

"클라이밍은 지덕체智德體를 고루 갖춘 운동이에요!"

그러면 대부분 그게 무슨 말이야 하는 표정을 짓는다. 딱 봐도 힘이 많이 들 것 같으니 '체'는 그렇다 치더라도 '지'와 '덕'은 대체 무엇이냐는 것이다.

클라이밍에 대한 가장 일반적인 오해 중 하나는 그냥 아무거나 잡고 무조건 높이 올라가기만 하면 된다고 생각하는 것이다. 어차피 잡고 올라가기만 하면 되니까 당연히 팔심이 세면 유리하다고 생각할 수도 있다.

그렇지만 그 말대로라면 클라이밍이 사다리를 오르는 것과 무엇이 다를까. 수영이 그냥 헤엄치는 것이 아니고, 마라톤이 마냥 뛰는 것이 아니듯 클라이밍도 무작정 올라가기만 하는 운동은 아니다.

클라이밍은 누구에게나 체력과 시간이 한정되어 있다는 사실을 전제로 하는 스포츠이다. 주어진 힘을 효율적으로 사용하여 '완등'까지 가는 것이 중요하기에 아무리 힘이 세다 하더라도 오직 그것만으로 목적지에 도달하기는 어렵다.

우리가 흔히 아는 실내 클라이밍은 몸에 별다른 안전장치를 하지 않은 채 벽 아래쪽에 두툼한 매트를 깔아두고 맨몸으로 수 미터 높이의 벽을 오르는 '볼더링Bouldering'을 말하며 이 경우 다음과 같이 몇 가지 규칙이 있다.

① 스타트(시작) 홀드에 두 손을 모으고 바닥에서 발을 뗀 상태로 버티면 시작이다(간혹 스타트 홀드가 두 개일 때도 있는데 그럴 때는 양손으로 하나씩 잡고 시작한다).

② 이때, 잡거나 디딜 수 있는 홀드는 따로 정해져 있다. 보통은 같은 색상의 홀드만 사용해야 하나 경우에 따라

별도로 루트가 표시된 다양한 홀드를 쓰기도 한다.

③ ①, ②의 규칙대로 정해진 홀드만을 사용하여 톱(완등) 홀
드에 도달하여 두 손을 모아 잡고(혹은 갖다 대도 된다) 3초
를 버티면 성공이다.

④ 앞의 과정을 통틀어서 '문제'라 칭하고 ③의 절차까지
모두 성공하면 '완등'했다고 하며 문제를 다 풀었다는
뜻이다.

볼더링 문제를 풀 때는(보통 암장에서는 볼더링 과제를 수행하는 것을
'문제를 푼다'고 표현한다) 정해진 규칙과 순서를 따라야 한다. 흔
히들 생각하는 것처럼 무작정 위로 올라가려고만 해서는 안
된다. 유형에 따라 위가 아닌 옆으로 진행하는 경로의 문제들
도 종종 있어, 클라이밍이 무조건 힘으로 높이 올라간다는 편
견은 일찌감치 버리는 것이 좋다.

물론 체력이나 근력이 클라이밍을 하는 데 있어 중요한 요
인이기는 하다. 하지만 그것만큼이나 중요한 것이 바로 '지
력'이다. 기본적인 규칙을 숙지하고 매번 바뀌는 문제들을 암
기하는 능력도 클라이밍에서는 중요하다. '올라가다 보면 뭐

어떻게든 되겠지' 하는 마음으로 아무런 준비 없이 성큼성큼 올라갔다가는 애매한 위치에 매달린 채 다음 홀드를 찾느라 힘을 다 써버리거나 금방 지쳐 나가떨어지기 십상이다.

막상 벽에 매달리고 나면 머릿속을 비우고 몰입하게 되지만, 벽 앞에 서면 오히려 끊임없이 생각을 하게 된다. 어떤 전략을 짜서 체력의 총량을 얼마나 효율적으로 분배하느냐에 따라 매일 풀 수 있는 문제의 수가 달라지기 때문이다. 일반적으로 실내 암장 볼더링 문제의 경우 한 문제를 풀기 위해 벽에 매달리는 시간은 길어봐야 1분 내외이다. 두 시간 정도 운동한다고 가정하면 실질적으로 벽에 매달려서 보내는 시간은 아마 30~40분가량 될 것이다.

그렇다면 벽에 매달리지 않는 시간에는 무엇을 하게 될까. 대부분은 매트에 앉아서 보낸다. 이때 그냥 앉아서 남들이 등반하는 모습을 멍하니 구경만 하는 것이 아니라 그 순간에도 눈으로, 머리로 끊임없이 볼더링 문제를 푼다. 체력을 보충하기 위한 휴식을 취함과 동시에 눈으로는 다음에 풀 문제를 바라보며 어떻게 올라가야 할지 고민하는 것이다.

누군가 내게 클라이밍을 하면서 가장 짜릿한 순간을 꼽으라고 하면 몸과 머리가 동기화될 때라고 주저 없이 답하고는 하는데, 그 순간의 쾌감은 말로 다 표현할 수 없을 정도이다. 머리가 생각한 동작을 체력이 받쳐주어 그대로 구현했을 때의 뿌듯함과 기쁨은 직접 경험해보지 않고서는 모른다.

이어서 다른 오해 한 가지를 더 이야기하면 많은 이들이 클라이밍을 혼자서 하는 개인 운동이라고 생각한다는 것이다. 사실 미디어에서 다루는 모습만 봐도 그렇게 생각하는 것이 무리는 아닐 듯싶다. 영화 〈프리 솔로〉에서 요세미티 국립공원의 엘 카피탄El Capitan을 맨몸으로 오르는 알렉스 호놀드Alex Honnold(미국의 암벽 등반가. 큰 벽을 로프와 파트너의 도움 없이 맨몸으로 하는 프리 솔로Free-Solo 등반가로 유명하다)나 맨손으로 롯데월드 타워를 오르는 김자인 선수를 보면 그 모습에서 왠지 모를 고독함이 느껴지는 것이 사실이니까.

하지만 취미용 생활 스포츠로 즐기는 이들의 입장에서 보면 클라이밍은 결코 고독한 운동이 아니다. 물론 벽에 올라가 있는 순간은 오롯이 혼자서 헤쳐나가야 하고 스스로를 컨트롤해야 하지만, 기본적으로 클라이밍은 '따로 또 같이'의 묘미가 있는 스포츠이다.

나도 처음에는 클라이밍이 혼자서 하는 개인 운동인 줄 알았다. 사람들과 함께 수업을 듣기는 했지만 딱히 팀을 짜서 하는 운동도 아니고, 난이도에 따라 풀 수 있는 문제가 서로 다르기에 암장이라는 한 공간을 공유할 뿐 운동은 각자 알아서 하면 된다고 생각했다.

그런 생각으로 하루 이틀 열심히 혼자 암장에 다니고 있는데, 언제인가부터 나도 모르게 그들과 함께하고 있다는 생각이 들기 시작했다. 암장에서 만나는 사람들은 다들 친절했고, 직접적으로 대화를 나누거나 일면식이 없어도 서로 격려하는 분위기가 넘쳐흘렀다. 마치 등산을 하던 중에 등산로에서 마주치면 인사를 주고받는 산악인들 같았다. 암장 사람들은 서로 모르는 사이여도 눈이 마주치면 눈인사를 하고, 힘이 들 때 서로를 응원하고 용기를 북돋워주는 매너가 있었다.

앞서 이야기하였지만 클라이밍은 벽에 붙어 있는 시간보다 벽을 하염없이 바라보는 시간이 더 길다. 이때 자신이 바라보는 벽은 비어 있기보다는 누군가 열심히 오르고, 매달려 있을 때가 더 많다. 암장의 벽은 나만의 문제가 아니라 그들에게도 풀어야 하는 문제이기에. 그러다 보니 내가 풀었던 혹은 풀어야 할 문제에 매달린 타인의 뒷모습을 보고 있으면 같은 미션을 수행하는 듯한 동질감과 더불어 은밀한 내적 친밀감이 생겨난다. 그런 시간과 계기들이 조금씩 쌓이다 보면 직접적으로 아는 사이가 아니어도 자연스레 서로를 응원하게 된다.

누군가 숱한 실패 끝에 완등 홀드를 잡으면 다 같이 진심 어린 축하와 박수로 환호해준다. 반대로 벽에 매달린 이가 좀처럼 길을 못 찾아 헤매고 있으면 "오른쪽 무릎 옆에 발 홀드 하나 더 있어요!"라고 소리쳐 길을 알려주기도 하고, 고지가 멀지 않은 이에게는 지나가다가도 멈춰 서서 큰 소리로 "집중! 조금만 더!" 하고 외치며 격려하게 된다. 내가 고전을 겪었던 문제를 풀며 비슷한 어려움과 마주한 이가 있으면 다가가 방법을 알려주기도 하고 나 역시 누군가에 도움을 받기도 한다.

적당한 거리를 유지하며 함께 암장에서 시간을 보내다 보면 직접적으로 아는 사이가 아니라 하더라도 자신만의 도전에 나선 모든 이들을 진심으로 응원하게 된다. 같은 날, 같은 시간에 여기 모인 동지들이 보다 많은 완등을 해내기를 바라며 각자의 노하우를 나누고, 누군가 좀처럼 풀리지 않는 어려운 문제를 겪고 있으면 여럿이 모여 머리를 맞대고 방법을 찾기도 한다.

다른 이들과 함께 힘을 모아 어려운 문제를 풀고 나면 성취감과 즐거움, 뿌듯함도 왠지 더욱 크게 느껴지는 것 같다. 실제로 나도 암장에서 다양한 사람들과 친분을 쌓았고 문제를 풀면서 서로 알게 모르게 많은 도움을 주고받았다.

암장마다 조금씩 다르기는 하지만 클라이머들 특유의 활기차고 친근한 분위기에 익숙해지면 모르는 사람과도 어색하지 않게 대화를 나눌 수 있어 친분을 쌓기에는 그만이다.

암장에서 누군가가 벽을 오르는 동안 그 사람이 떨어지길 바라는 사람은 아마 없을 것이다. 클라이밍은 기본적으로 자신과의 경쟁이라 타인의 결과에 굳이 신경 쓰고 견제할 필요가 없기도 하지만, 암장에 모인 사람들은 대체로 서로의 도전이 성공하기를 바란다.

혼자 하는 운동이지만 같은 공간에서 함께 운동하는 사람들에게 경쟁의식을 느끼기보다는 기꺼이 서로의 응원군이 되어준다는 점이 클라이밍의 매력이다.

클라이밍은 지금껏 내가 해온 어떤 운동과 비교해도 지, 덕, 체 삼박자를 고루 다 갖춘 완벽한 운동이었고, 많은 사람들이 그 사실을 알아주었으면 하는 바람이다.

한 번쯤은 튼튼하게 살아보고 싶어서

나는 반평생을 약골 중의 약골로 살아왔다. 부모님은 두 분다 건강 체질이셨지만 나는 어릴 때부터 이상하리만치 몸이 허약했다. 태어났을 때부터 원체 몸이 약하기도 했고 거기다 어릴 때는 입맛도 무척 까다로워 밥, 김, 물을 제외하고는 먹지 않는 극단적인 편식을 했단다.

그로 인해 영양실조에 걸린 적도 있었고. 친구들과 어울려 집 밖에서 노는 일은 극히 드물었으며 한창 클 성장기에도 편식은 여전해 인스턴트 음식이나 과자로 대충 끼니를 때우는 일이 잦았다.

그 당시에는 체력이 떨어진다거나 몸이 약하다는 생각을 전혀 하지 못했다. 무려 돌도 소화시킨다는 청소년기였으니까. 스물 언저리까지만 해도 학업과 새벽 아르바이트를 병행하면서도 견딜 만했다. 인도로 배낭여행을 떠났을 때도 12킬로그램이 넘는 배낭을 짊어지고 다니면서 '이것이 내 전생의 업보의 무게'라며 너스레를 떨 정도로 여유가 있었다.

그러던 내가 본격적으로 체력의 쇠퇴를 느낀 것은 첫 회사 생활을 시작한 지 1년 정도 지나 서른에 가까워지면서부터였다. 직장 생활을 하며 익숙해진 9시 출근, 6시 퇴근의 삶은 단조로우면서도 왠지 모르게 힘겨웠다. 회사에 가만히 앉아 숨만 쉬고 있어도 몸이 축축 처지는 느낌이 들었다. 퇴근하여 붐비는 지하철에 몸을 싣고 집으로 돌아가면 아무것도 하고 싶지 않았다. 대충 밥을 챙겨 먹고 누워 있다 보면 이내 잘 시간이었고, 눈을 감았다 뜨면 다시 출근해야 하는 고단하고도 무기력한 하루가 반복되었다.

불과 몇 년 전만 하더라도 간밤에 조금 무리를 해도 자고 일어나면 멀쩡하던 나였는데. 체력의 기본값은 서서히 하향 곡선을 그리며 노화의 길로 접어들고 있었지만 내가 너무 늦게 알아버렸다는 생각이 들었다.

순간 눈앞이 깜깜해졌다. 아니, 살면서 체력이 정점에 달할 정도로 좋았던 적도 없었는데 이렇게 꺾여버리다니. 체력뿐 아니라 앞으로 모든 일이 다 그렇지 않을까 하는 극단적인 생각마저 들었다.

하지만 천성이 게으른 나는 그저 생각만 할 뿐 상황을 타개하기 위한 어떤 노력도 하지 않았다. 다들 이미 그렇게 살아가고 있고, 노력한다고 시간을 되돌릴 수 있는 것도 아니라는 생각에 스스로를 거의 방치하다시피 지냈다. 그러다 언제부터인가 뜻밖의 징후들이 서서히 나타났다. 몸 여기저기에 이상이 생기기 시작한 것이다.

생각해보면 그 무렵부터 배탈, 감기, 몸살 등 잔병치레가 유독 잦았다. 특히 날씨가 더워지기 시작하는 여름이면 속병이 한 번씩 크게 나 일주일 이상을 앓기도 했다. 병가를 내는 것도 모자라 나중에는 링거 투혼까지 선보이는 나를 보고 직장 동료들은 '종합병원'이라는 별명을 지어주기도 했다. 동의할 수밖에 없는 별명이었지만 한편으로는 무척 속상하기도 했다. 뭘 해보려고만 하면 자꾸 체력이 발목을 잡아 나를 고

꾸라트리는 느낌이었다.

이것이 다 밥, 물, 김 때문이라는 생각이 들었다. 어려서 영양 섭취나 체력 단련에 소홀했던 대가를 이제 와 치르고 있는 듯해 한꺼번에 보상이라도 하듯 비싼 한약을 지어 몇 달씩 먹어보기도 했지만 건강은 좀처럼 좋아지지 않았다.

어느 날은 하도 답답해서 자주 가던 한의원 선생님께 물었다.

"왜 한약을 계속 먹어도 몸이 좋아지지 않죠? 차라리 운동을 할까요?"

"환자분은 아직 운동할 단계는 아니고요, 그저 퇴근하면 곧장 침대에 누워서 쉬세요."

당연히 운동을 권할 것 같아 속으로 가벼운 운동 목록을 떠올리고 있었는데 전혀 뜻밖의 대답을 듣고는 심각해졌다. 생각보다 내 몸 상태가 많이 좋지 않음을 그때 분명히 깨닫게 되었다.

그렇게 나는 이미 틀렸나, 이렇게 늙어가다 죽는 것인가 하는 생각에 깊이 빠지려 할 때쯤 나를 구해준 이들이 있었으니 바로 주변의 운동 마니아들이었다.

당시 다니던 회사의 대표님은 늘 운동으로 체력을 유지하려 노력했고 직원들에게도 퇴근 후 운동을 적극 장려하며 운동비 일부를 지원해주기도 했다. 그 덕에 다들 크로스핏이나 필라테스, 스피닝 등 각자의 취향에 맞는 운동을 하고 있었고, 함께 대화를 나누다 보면 자연스레 서로 어떤 운동을 하는지 묻고 답하게 되었다. 적어도 그 회사에서만큼은 운동이 특별히 하는 활동이 아니라 모두의 일상에 녹아든 일종의 습관 같은 것이었다.

그런 사람은 회사 말고도 주변에 또 있었다. 바로 당시 사귀던 연인이었다. 그는 과거 아마추어 격투기 선수를 했을 정도로 운동을 좋아했고 무척 건강한 신체의 소유자였다. 그는 항상 데이트를 할 때마다 비실비실한 내 몸을 걱정하며 산으로, 천으로 여기저기 데리고 다니며 운동을 시키려 노력했다.

나 역시 진심으로 운동을 즐기며 삶의 일부로 받아들이는 그의 모습을 통해 운동에서 오는 건강한 에너지를 몸소 느끼게 되었다. 매사 부정적이고 소극적이던 나와 달리 그는 일단 한번 해보자는 말을 입에 달고 사는 긍정적인 사람이었다. 곁에 있다 보니 나 역시 그의 건강한 몸과 강한 체력에서 비롯되었을 진취적인 성격을 닮고 싶다는 생각이 들었다.

하지만 결정적으로 나를 운동의 세계로 확 끌어당긴 것은 우연히 본 드라마 속 한 장면이었다. 보는 순간 나도 모르게 '이것은 내 이야기야'라는 생각이 번뜩 들었다.

"네가 이루고 싶은 게 있다면 체력을 먼저 길러라. 네가 종종 후반에 무너지는 이유, 데미지를 입은 후에 회복이 더딘 이유, 실수한 후 복구가 더딘 이유, 다 체력의 한계 때문이야. 체력이 약하면 빨리 편안함을 찾게 되고, 그러면 인내심이 떨어지고, 그리고 그 피로감을 견디지 못하면 승부 따위는 상관없는 지경에 이르지. 이기고 싶다면 네 고민을 충분히 견뎌줄 몸을 먼저 만들어. 정신력은 체력의 보호 없이는 구호밖에 안 돼."

당시 방영 중이던 드라마 〈미생〉의 한 장면인데, 사회 초년생으로서 체력의 고갈로 방황하던 시기에 저 대사를 듣고 나니 더는 운동을 미루지 말아야겠다는 생각이 들었다.

결과적으로 보면 혼자서는 절대 꿈도 못 꾸었을 일이었지만 주변의 운동 마니아들과 나를 운동의 세계로 이끌어준 메시지들 덕분에 한 발 더 운동과 가까워지게 되었다.

살기 위해 한번 매달려볼까

"어쩌다 그걸 할 생각을 다 했어?"

극도로 허약 체질이었던 나의 어린 시절을 기억하는 친구들
과 지인들은 내가 클라이밍을 한다고 하면 다들 반신반의하
며 묻는다. 사실 대부분의 사람들도 그럴 것이다. 왠지 클라
이밍을 한다고 하면 몸에 근육도 좀 있고 운동깨나 했을 것
같은 사람들만 하는 운동이라 생각하기 쉽다. 나 역시도 운동
을 하기 전에는 그런 줄 알았고.

그런 질문을 받을 때마다 보통은 '그냥'이라는 말로 대충
얼버무리면서도 가끔은 나조차도 궁금했다. 왜 클라이밍이

었을까. 클라이밍을 내가 왜 시작했더라. 그러면 어렵지 않게 한 장면이 떠오른다. 맞다, 그때 그러고 나서부터였지 하고 이내 수긍하게 된다. 지금껏 살아오면서 내게 가장 큰 충격을 준 사건, 내 삶의 일부를 바꿔버린 그 일을 다시금 생각하게 된다.

안산에서 나고 자라 교복을 입고 거리를 누비며 다녔던 내게 4·16 세월호 참사는 단순히 가슴 아프고 마는 타인의 일이 아니었다. 참사가 발생한 날, 뉴스 속보를 통해 배가 가라앉는 모습을 무력하게 지켜보다 문득 그 안에 있을, 이름도 얼굴도 모를 한창 예쁘고 고왔을 아이들의 모습이 떠올랐다. 그러면서 그 위로 나의 학창 시절 모습이 겹쳐 보였다. 교복을 입고 친구들과 어울리던 때가 어제 일처럼 생생하게 떠오르며 배에 타고 있던 아이들이 마치 동네 친구처럼 느껴졌다.

그 많은 학생을 태운 배가 힘없이 가라앉는 장면을 그저 바라볼 수밖에 없던 그날 이후로 나는 한동안 아무것도 할 수 없었다. 끝없이 밀려오는 공포와 무력감에 질식해버릴 것만 같았다.

그들의 비극은 나에게도 곧 비극이었다. 나고 자란 고향의 어린 후배들에게 일어난 엄청난 일 앞에서 그들과 내 모습을 분리하여 생각하기는 어려웠다. 그나마 희망이 있던 시기에는 그들의 생존을 바라며 간절히 기도했으나 끝내 좌절할 수밖에 없던 슬픈 나날들은 내게 끔찍한 트라우마를 남겼다.

어느 날은 이렇게 자문해보기도 했다.

'내가 만약 그 배에 타고 있었다면 어땠을까? 얼마나 무섭고 힘들었을까? 설령 기적적으로 빠져나올 수 있는 기회가 주어졌다 하더라도 과연 거기서 살아나올 수 있었을까?'

단정할 수는 없었지만 당시 나의 상태로는 가능성이 희박해 보였다.

그로부터 얼마간 시간이 지나서였을까. 가라앉는 세월호에서 가까스로 탈출한 생존자들의 인터뷰를 접하게 되었고 그 내용이 내게는 깊은 인상을 남겼다.

생존자들의 말에 따르면 거대한 배가 옆으로 눕는 순간 모든 것이 뒤바뀌었다고 했다. 매끈했던 바닥은 벽으로 변하고 옆으로 눕혀진 창문과 벽은 바닥이 되고, 복도를 향했던 문은 천장에 열려 있었다고 했다. 그 아비규환의 현장에서 겨우 살아남을 수 있었던 것은 미끈한 바닥을 가까스로 기어오르거나 누군가 내려준 고무호스나 커튼을 묶어 만든 밧줄을 잡고 올라왔기 때문이라고 했다.

만약 저 상황에서 내게 똑같이 탈출의 기회가 주어졌다면 어땠을지 생각해보니 눈앞이 깜깜해졌다. 타고난 허약 체질에 어릴 때부터 운동과는 거리가 먼 나였으니까. 매달리거나 버티는 데는 영 소질이 없고 팔씨름은 태어나 단 한 번도 이겨본 적이 없으며, 턱걸이는커녕 철봉에 2초도 매달려 있지 못하는 사람이 바로 나였다. 그러니 극한의 상황에 놓인다 한들 악착같이 올라갈 힘을 기대하기는 어렵다고 보아도 전혀 무리는 아닐 듯싶었다.

그렇게 나의 한계를 인정하고 절망하던 순간, 지금껏 살면서 봐왔던 수많은 액션 영화의 결정적 장면들이 떠올랐다. 절벽에 가까스로 매달린 주인공이라든가, 추격을 피해 밖으로 뛰어내렸지만 실은 난간 끝에 매달려 숨죽여 몸을 숨기고 있던 이들의 모습이 스쳐갔다.

그 모습을 보며 아무리 영화라지만 나도 저렇게 무언가에 단단히 매달릴 수 있으면 좋겠다고 바랐는데. 어디선가 불쑥 용기가 생겼다. 어딘가에 절박하게 매달리는 것, 무언가를 붙

잡고 위로 올라가는 것, 그런 운동이 있다면 한 번쯤 도전해 볼 수 있을 것 같았다. 그것이야말로 극한의 상황에서 꼭 필요한 생존 기술일 테니. 못 한다, 안 된다 좌절만 하고 있을 것이 아니라 무엇이든 힘닿는 데까지는 배워보겠다고 결심했다.

생각이 여기까지 미치자 나를 잠식하고 있던 무력감의 안개도 조금은 걷히는 듯했다. 지금 생각해보니 어떤 상황에서도 스스로를 지키고자 하였던 필사적이고 절박한 마음이 클라이밍이라는 운동으로 나를 자연스레 이끌었던 것 같다.

중요한 것은 높이가 아닌 시야

"안전 장비는 매고 올라가나요?"

"높이 올라가면 무섭지는 않아요?"

취미로 클라이밍을 한다고 하면 으레 놀라는 표정을 지으며 여러 가지를 묻는다. 그중에서도 위 두 가지는 가장 대표적인 질문이다.

대부분 클라이밍 하면 발아래가 까마득하게 내려다보일 정도의 높고 가파른 절벽에서 로프 하나에 의지해 올라가는 산악인의 모습을 떠올린다. 그것은 클라이밍의 여러 종류 중에서도 '리드 클라이밍Lead Climbing'이라는 것이다. 맨몸으로 등반하는 볼더링과 달리 하네스Harness라는 클라이밍 전용 안전벨트를 착용하고 로프를 연결하여 올라가는 방식으로 주로 자연 암벽이나 높은 벽이 있는 암장에서 할 수 있다. 하지만 실내 암장은 그런 환경을 갖추고 있기가 어려워 대부분 볼더링 위주로 구성되어 있다.

그래서일까. 사람들이 하네스 착용 여부나 높은 곳이 무섭지 않느냐고 물으면 아니라고 설명하면서도 새삼 놀랍다. 고소공포증이 있어 번지점프도 하지 못하는 내가 실내 클라이밍을 하다니(사실 나의 고소공포증은 상당히 모호한 기준을 가지고 있다. 일례로 번지점프는 태어나서 한 번도 해보지 못했고 앞으로 시도조차 해볼 생각이 없지만 스카이다이빙에는 도전해 성공하기도 했다).

클라이밍을 처음 해봤을 때 가장 놀라웠던 점도 그 부분이었다. 막상 올라가보니 높이는 꽤 되는데 왠지 겁이 나지 않았다. 내 키의 두세 배 정도 되는 높이기는 했으나 생각보다 낮게 느껴졌고, 미디어를 통해 접했던 암벽 등반에 비하면 다소 소박하다는 인상을 받았다. 공포를 느낄 만한 높이가 아님이 확실해졌다.

볼더링은 주어진 힘을 효율적으로 분배하여 힘들이지 않

고 완등까지 도달하는 것이 중요한 종목이라 1분, 1초가 소중하다. 그런 급박한 상황에서 뒤를 돌아보고 발밑을 내려다보며 높이에 대한 공포를 느낀다면 시간과 에너지만 허비하는 꼴이다. 그럴 힘과 에너지가 있다면 아꼈다가 다음 홀드로 향하는 데 쓰는 것이 훨씬 낫다. 또 막상 벽에 매달려 있으면 머리와 몸이 쉴새 없이 바빠 고소공포증에 대해 생각할 틈이 없기도 하고, 주위의 시야가 제한되어 좀처럼 높이를 체감하기도 어렵다.

벽을 마주 보고 눈앞의 홀드를 잡은 상태에서 다음 홀드로 시선을 옮기고 손을 뻗는 순간, 중요한 것은 얼마나 높이 올라왔는지가 아닌 완등 홀드까지 얼마나 남았나이다. 내가 지금 전체 코스 중에서 어디까지 왔고 다음 홀드는 어떻게 잡아야 하는지를 우선적으로 고민해야 한다.

벽에 올라가 있는 동안은 분명 평소에 마시던 공기보다 훨씬 더 높은 곳의 공기를 마시고 있겠지만, 애써 의식하지 않는 한 그 사실을 자각하기는 힘들다. 일단 클라이밍에서 높이 그 자체는 극복하거나 성취의 대상이 아니기에 생각할 여유가 없다.

벽에 다 오르고 나면 높이에 대한 공포보다 나를 더욱 강하게 압도하는 것이 있었으니 바로 상승의 감각이다. 볼더링 문제를 풀며 홀드 하나하나에 손을 올리고 몸을 잡아 끌어올릴 때마다 느껴지는 감각은 말로 다 표현할 수 없을 정도로 짜릿하다.

그저 눈앞의 홀드를 잡고 묵묵히 전진했을 뿐인데 어느새 완등 홀드가 손을 뻗으면 닿을 정도로 가까이 보이면 새삼 뿌듯하고 자신이 대견해진다. 목표했던 완등 홀드를 두 손으로 잡고 아래를 내려다보면 전신을 타고 흐르는 황홀한 감각이 느껴진다. 올라가는 도중에는 느낄 수 없었던 완등의 기쁨을 만끽하는 순간이다.

혹시 클라이밍을 해보고 싶은데 고소공포증이 있어 주저하고 있다면 그것은 생각보다 걱정할 만한 문제가 아니라고 말해주고 싶다. 클라이밍은, 특히 실내에서 즐기는 볼더링은 누가 얼마나 높이 오르는지로 경쟁하는 것이 아니기 때문이다. 자신만의 방법으로 한 걸음, 한 걸음 내딛다 보면 완등 홀드는 어느새 가까이 다가와 있다. 완등 홀드를 잡고 나면 그 높이에서 보이는 경치는 자연히 즐기게 될 것이고.

사실 고소공포증이라는 것도 알고 보면 높이가 아닌 시야의 문제일지 모른다. 암벽에 오르기 전 매트에 서서 혹은 암장의 바닥에 쪼그려 앉은 채로 완등 홀드를 올려다보면 너무도 높고 아득해 보인다. 고작 3미터 높이임에도 말이다. 하네스를 착용한 채 15미터 정도 올라가는 리드 클라이밍을 할때는 더 그렇다. 다른 사람들이 성큼성큼 올라가는 모습을 보고 있으면 왠지 자신이 없어지고 괜스레 주눅이 들기도 한다. 하지만 막상 매달려보면 시야가 내 눈앞에 마주한 벽으로 확 좁아지며 소란했던 마음이 일제히 고요해진다. 매달린 이상은 일단 앞으로 나아갈 수밖에 없기에.

　때로는 밖에서 남이 하는 일을 지켜보는 것이 직접 할 때보다 훨씬 더 두렵고 대단하게 느껴지지만 막상 내가 하고보면 별일 아닌 경우가 더 많지 않은가. 삶에서 마주하는 많은 문제들이 그렇듯이 클라이밍도 마찬가지다. 볼더링이나 리드 클라이밍이나 일단 한번 매달려보면 하기 전에 상상했던 것보다 훨씬 덜 무섭고 오히려 할 만하다는 인상을 받을 수 있다.

　이렇듯 스스로 품고 있는 막연한 불안감으로 인해 더 높은 곳으로 충분히 올라갈 수 있음에도 주저하느라 자신의 기량을 낭비할 때가 있다. 어려움이 닥칠 때마다 잘 해내지 못할 것 같아서, 도저히 엄두가 안 나서 미리 겁먹고 포기해버리는 안타까운 상황을 종종 목격하게 된다. 그럴 때 진지하게 생각해보자. 혹시 지금 내가 지나치게 겁을 내고 있는 것은 아닌지, 문제의 근본적인 속성에 집착한 나머지 너무 어렵게만 생각하고 있는 것은 아닌지 말이다. 그러다 한번 해보았는데 의외로 쉽게 풀릴 수 있는 문제일지는 아무도 모르는 것이니까.

볼더링도 마찬가지다. 완등 지점의 높이만 보고 두려워하고 있으면 시작할 용기조차 안 생긴다. 하지만 일단 홀드에 발을 올리고 가다 보면 어떻게든 몸을 움직이게 되고 눈앞에 놓인 다음 홀드들을 하나하나 잡아가다 보면 금세 완등 지점에 도달하게 된다.

생각이 너무 많아서 혹은 두려움이 지나쳐서 해결하지 못한 문제들이 있다면 멀리만 내다볼 것이 아니라 지금 당장 할 수 있는 일들을 떠올려보자. 문제를 바라보는 시야를 눈앞으로 한정해보는 것이다.

막상 오르고 나면 생각보다 높지 않은 암장의 벽처럼 지금

내 인생을 가로막고 있는 문제 역시 문을 열듯 하나씩 풀어가다 보면 생각보다 별일이 아닐 수 있다. 그러니 일단은 부딪쳐보자. 무엇이든 시작해보는 것이다. 어쩌면 도전을 가로막는 것은 문제의 난이도나 높이가 아닌 나의 시야일지도 모르니 말이다.

참 잘했어요!

"나이스!"

암장에 있다 보면 가장 많이 듣는 말 중 하나이다. 사람마다 다른 말로 대체할 수도 있지만 암장에서 주로 쓰이는 일종의 추임새이다.

완등 홀드에 두 손을 모았을 때 뒤에서 사람들이 외쳐주는 나이스와 박수 소리를 들으면 왠지 모르게 아드레날린이 솟구치는 것 같다. 잠시나마 학창 시절로 돌아가 '참 잘했어요'라는 칭찬을 받은 기분이 든다.

생각해보면 연필을 손에 처음 쥐던 그 순간부터 사는 내내 참 많은 문제를 풀어왔다. 학창 시절의 대부분을 모범생으로 살아오며 그것이 숨 쉬는 것만큼이나 익숙해지고 나니 더는 풀 수 있는 문제들이 없었다. 정확히 말하면 문제는 존재하나 내 눈에는 보이지 않았다.

학교에서 푸는 문제와 사회생활의 문제는 결 자체가 달랐다. 가장 큰 차이라면 참 잘했어요와 같은 명확한 정답이 없고 오직 나의 선택과 그에 따른 결과만 있을 뿐이라는 것이다. 그런 불명확함은 삶의 문제에서도 여전했다. 삼십 대에 접어들면서 약간의 슬럼프를 겪은 것도 바로 이 때문이다.

졸업, 취업, 연애, 결혼, 출산 등… 남들은 비교적 쉽게 해결해나가는 듯한 인생의 관문이 내게는 어찌나 어렵던지. 어느 것 하나 쉽게 해내기 힘든 인생의 문제들에 계속 부딪히며 복잡하고 답답한 상황에 놓이게 되자 조금은 기가 죽기도 했다.

학교에 다닐 때는 힘들어서 잘 몰랐으나 돌이켜 생각해보면 자리에 가만히 앉아 문제집을 풀어나가는 것은 어느 정도 삶에 활력을 주는 긍정적인 경험인 듯하다. 어찌 됐든 맞히면 동그라미, 틀리면 직 긋고, 다시 풀어서 맞히면 빗금을 세모로 수정하면 되니까. 성취가 눈앞에 보이니 쾌감도 느껴지고 매번 자신의 실력이나 성장 정도를 가늠해볼 수 있으니 이보다 명확한 평가가 세상에 또 있을까.

반대로 어른이 되어서는 모든 것이 참 애매했다. 내 기준에서는 성취인데 사회적인 기준으로 보면 아닌 것도 같고 문제의 성격마저 완전히 달랐다. 맞혔다고 동그라미를 칠 수도, 틀렸다고 비정하게 찍 그어버릴 수도 없는 것이 대부분이었다. 모든 것이 상대적이라는 기준에 갇혀 있었다. 내 기준에서는 엄청난 성취여도 다른 이들의 화려한 삶에 비하면 한없이 초라해 보였다. 결국 내가 나 스스로를 응원하고 칭찬할 수밖에 없었으나 그마저도 방법을 찾기가 어려웠다.

어른이 된 이후에도 종종 주위에 학생들이나 볼 법한 문제집을 사거나 학습지를 구독하여 열심히 푸는 이들이 있었는데 그 심정을 조금이나마 알 것 같았다. 그들 역시 일상의 작고 명확한 성취가 필요했던 것이 아닐까 싶다.

내게는 클라이밍이 그랬다. 삶의 어느 정체 구간에 이르러 더는 동그라미를 치지 못하고 있을 때 클라이밍을 만났다. 벽에는 시작 지점에서 완등 지점까지 머리와 근력을 이용해 도달하기만 하면 되는 간단한 규칙이 존재했다. 각각의 시작 - 완등 홀드의 짝으로 이루어진 코스들을 암장에서는 문제라 부르는데, 다 큰 어른인 나에게 누군가 문제를 내준다는 점이 마음에 들었다.

문제가 있으면 반드시 답도 존재하기 마련인데 암장에서는 완등 홀드에 손을 대고 3초를 모아 버틴 그 순간을 "풀었다!"고 말한다. 암장에 갈 때마다 그날그날 만나게 되는 볼더링 문제들이 일종의 몸으로 푸는 '퀴즈'인 셈이었다.

한 문제씩 풀어갈 때마다 뒤에서 지켜보던 이들이 한마음으로 기뻐하며 외쳐주는 "나이스!"를 듣고 있으면 다시 교복을 입던 학창 시절로 돌아간 것만 같다. 마치 선생님이 시험지에 빨간 펜으로 동그라미를 치며 "참 잘했어요!"라고 칭찬해주셨을 때처럼 뿌듯함과 성취감이 느껴진다.

암장의 거대한 벽은 클라이머들에게 시험지가 되고 그날그날 도전해야 하는 문제들로 넘쳐난다. 그것을 보는 것만으로도 가슴이 설렌다. 기꺼이 다가가 한 문제라도 더 풀고 싶어진다. 시험지에 빨간 동그라미를 하나라도 더 치고 싶은 의욕에 불타는 것이다.

나만의 정답을 찾아서

클라이밍의 문제에는 어린 시절에 풀던 여느 문제집들의 문제들과는 다른 포인트가 존재한다. 똑같은 문제를 풀어도 누가 푸느냐에 따라 정답이 달라진다는 점이 그중 하나인데, 바꿔 말하면 누군가의 정답이 반드시 나의 정답은 아닐 수도 있다는 것이다.

벽에 붙어 있는 홀드들의 위치는 똑같고 분명 동일한 문제인데 사람마다 체감 난이도가 다르다. 저마다 타고난 신체 조건이 다르기에 문제 풀이법도 제각각이다. 예를 들어 신장 160센티미터와 180센티미터는 문제를 푸는 폼 자체가 다르다. 저마다 근력도 차이가 난다. 그래서 누군가는 제자리에서 홀드로 손을 뻗어 가볍게 푸는 문제가 누군가에게는 공중에서 추락할 각오로 몸을 날려야 하는 고난도의 문제가 되기도 한다.

이렇듯 클라이밍은 누구에게나 자신만의 정답이 존재하는데 암장에 오는 이들은 대부분 그 사실을 잘 알고 있다. 그렇기에 자신에게는 이 방법이 통했지만 상대에게는 다를 수 있다며 함께 방법을 고민해준다. 자신이나 남에 대해서도 절대 함부로 단정 짓는 법이 없다. 사람은 누구나 다 다르며 그래서 같은 문제라도 클라이머에 따라 다양한 접근법이 존재함을 인정하고 자신에게 맞는 방법으로 문제를 풀어내면 그것이 정답이라고 생각한다.

나는 자신에게 맞는 정답을 남과 비교하지 않고 각자의 방법으로 성실하게 풀어나간다는 클라이밍의 명쾌함이 무척마음에 들었다. 인생의 문제는 잘 풀리지 않는 반면 클라이밍의 문제들은 체력과 정신력을 총동원하면 얼마든지 풀 수 있는 것들이었다. 어른이 되고 인생에서 경험한 다른 문제들과 비교했을 때 가장 잘 풀리는 문제인 듯했다.

체력과 지력을 끊임없이 시험에 들게 하는 이 문제들이 나는 참 좋다. 비록 한 번에 풀지 못하더라도 혹은 여러 번 떨어지거나 며칠에 걸쳐서 풀더라도 문제를 풀면 푼 것이고 못 풀었다 해도 다시 도전하면 그만이다. 복잡한 기술을 쓰거나 무리할 필요가 전혀 없다. 그저 자신의 눈앞에 놓인 벽에만 집중해서 스스로 할 수 있는 방법으로 차근차근 풀어나가기만 하면 된다.

이 단순하고 명확한 규칙은 삶의 불분명함에서 기인하는 걱정과 스트레스를 잊게 한다. 매달리는 사람으로 하여금 지금 이 순간의 문제에만 집중하게 하는 것이다. 그런 점에서 클라이밍은 내게 일종의 명상인 셈이다.

가끔은 암장의 문제들이 주는 명확함으로 인해 구원을 받는 듯한 기분마저 들기도 한다. 특히 적당히 어려운 문제를 여러 개 푼 날보다 어려운 문제 하나를 며칠에 걸쳐 포기하지 않고 풀어냈을 때 희열이 더 큰데, 그럴 때면 나의 성장을 보다 확실하게 보여주는 증거를 손에 쥔 듯해 무척 기쁘다.

사람들은 늘 서로를 격려하고 위로하며 살아가도 정작 자기 자신을 향해서는 그러지 못할 때가 많다. 그런 관점에서 보면 클라이밍은 타인이 아닌 자신을 향해 마음껏 응원할 수 있는 계기를 마련해주는 셈이다. 살면서 한 번쯤은 자신에게 "힘내, 넌 할 수 있어!"라는 말을 건넬 수 있도록 말이다.

앞으로도 나는 줄곧 암장의 벽을 오르내리며 문제를 풀어 나갈 것이다. 그러다 보면 진짜 인생의 벽에 부딪히는 순간이 오더라도 여태까지 해왔던 방식대로 잘 풀어 넘어갈 수 있지 않을까. 볼더링 문제를 풀듯 말이다.

클라이밍은 하체가 70, 상체가 30

클라이밍을 하다 보면 실제로 이런 말들을 많이 듣게 된다.

"그거 상체 힘이 많이 필요하지 않아?"

"나는 팔심이 없어서 못 하겠다."

"그거 하려면 팔이 엄청 굵고 힘이 좋아야 할 것 같은데, 안그래?"

아마 이 운동을 상체의 힘으로만 한다고 생각해서 하는 말들일 텐데, 주로 영상이나 사진 속 앵글이 상체에 집중되어 그런 듯하다. 실제로는 그 정반대이다. 굳이 비율을 나누자면 하체가 70, 상체가 30 정도의 비중이랄까.

사실 클라이밍은 일반 대중들이 생각하는 것처럼 손으로 홀드를 잡고 몸을 끌어올리는 행위가 아니다. 그런 방식으로 올라가다 보면 벽에 오래 매달리지도, 효과적으로 오르지도 못하게 된다. 클라이밍은 사지 중에 세 개를 벽에 항상 붙여두고 남은 한쪽을 사용하여 이동하거나 진출하는 동작으로 이루어져 있는데 주로 양발은 항상 벽에 붙어 있고 한쪽 팔은 홀드에, 다른 한쪽은 다음 홀드로 진출하기 위해 자유롭게 놓아둔다.

만약 클라이밍이 상체 의존도가 높은 운동이라면 한 손으로는 홀드를 잡고 남은 한 손으로 다음 홀드를 잡아야 하는 동작 자체가 성립되지 않는다. 정말 손이 그렇게 중요하다면 등반 내내 두 손 다 벽에 붙어 있어야 할 것이 아닌가. 그러니 클라이밍에서 정말 중요한 것은 벽에 붙어선 채로 몸을 고정하고 있는 하체, 즉 발이라고 봐야 한다.

클라이밍 동작은 대부분 발 홀드에 발을 단단히 디딘 채로 쪼그려 앉았다가 일어나는 동작으로 구성되어 있다. 벽 위에서 와이드 스쾃Squat(다리를 어깨너비보다 넓게 벌린 상태에서 무릎을 구부려 앉았다 일어나기를 반복하는 동작)이나 런지Lunge(다리를 앞뒤로 1미터 정도 벌린 상태에서 앉았다 일어나기를 반복하는 동작), 점프를 끊임없이 하는 것이라 이해하면 쉽다.

볼더링 시 동작을 자세히 보면 손으로 홀드를 잡은 채 끌어올리기보다는 하체의 힘으로 먼저 홀드를 딛고 일어서서 공간을 확보한 다음, 손으로 홀드를 잡는 동작이 압도적으로 많다. 이런 이동 과정에서 손은 대부분 홀드 위에 살짝 걸어 두기만 한다. 다음 홀드로 진행하기 위해 죽기 살기로 이전 홀드를 움켜쥐어야 하는 문제는 웬만한 상급자용 난이도의 문제가 아니고야 거의 없다. 또한 손과 팔심으로만 계속해서 매달리다 보면 팔뚝에 펌핑Pumping(운동 후에 근육이 부풀어 오르는 현상)이 와서 운동을 지속할 수 있는 시간도 줄어들게 된다.

정말 극단적으로는 손을 전혀 쓰지 않고 등반하는 경우도 있다. 일부 고수들은 가끔 재미삼아 하체의 힘만으로 벽을 계단 올라가듯 가볍게 등반하는 훈련을 하기도 한다. 그 정도로 클라이밍은 '하체가 다 하는, 상체는 그저 거들 뿐'인 운동이라 할 수 있다.

그렇기에 볼더링 문제를 푸는 데 어려움이 있다면 대부분 해답은 하체에 있을 때가 많다. 홀드를 손으로 잡는 것은 사실이나 손이 홀드에 닿을 수 있도록 몸을 밀어 올려주는 것은 결국 하체, 발 홀드에 까치발을 딛고 선 내 발이기 때문이다.

이런 이유로 클라이밍을 할 때 가장 중요한 것은 허벅지 근육, 그다음이 등 근육이라 할 수 있다. 암장에 클라이밍 일일 체험을 하러 온 사람들이 등반하는 모습을 보면 팔심이나 승모근의 힘을 과하게 쓰는 경우가 많다. 그러면 체력이 금방 떨어져 벽에서도 오래 버티지 못한다. 다른 운동을 꾸준히 해오다 체험하러 오는 사람들도 마찬가지다. 멋진 근육을 장착하고 있다 하더라도 상체가 아닌 하체를 써야 한다는 감각을 익히지 못하면 고전을 면치 못한다.

클라이밍은 하체가 다 하고 상체는 거들 뿐이라는 이 원리를 제대로 인지하지 못하면 친해지기 어려운 운동이다. 어쩌다 체험을 한다 하더라도 짙은 패배감만 맛보고 돌아가게 될 확률이 높다. 반대로 이 개념만 잘 이해하고 있으면 운동신경이나 근육량에 관계없이 누구나 쉽게 시작할 수 있다.

실제로 처음 클라이밍을 배우는 단계에서는 근력은 있지만, 기존에 하던 다른 운동으로부터 특정 습관이 몸에 밴 사람보다 오히려 백지상태에 있는 이들의 습득 속도가 더 빠르다. 아무래도 다른 운동을 통해 상체의 힘을 기른 이들은 무의식적으로 그 힘을 먼저 써버리려 하지만 애초에 상체 힘이 없는 사람들은 배운 대로 하체의 힘을 쓰기 위해 노력하기 때문에 그런 것 같다.

만약 클라이밍을 한번 해보고 싶은데 팔심이 약해서 망설이고 있다면 전혀 그럴 필요가 없다고 말해주고 싶다. 나 역시 이 운동을 한 지 꽤 됐음에도 불구하고 팔심은 여전히 약하다. 벽에 매달린 상태에서 가장 중요한 것은 홀드를 잡은 손이 아니라 벽 위에 몸을 세우고 더 가까이 다가갈 수 있게 밀어올려 주는 하체임을 잊지 말자.

클라이밍에 대해 가지고 있던 편견과 생각의 틀을 벗어던지고 클라이밍의 반전 매력을 염두에 둔다면 보다 즐겁게, 수월하게 이 운동을 즐길 수 있을 것이다.

암장에서 멋짐을 추구하면 안 되는 것일까?

운동을 하다 보면 뜻하지 않게 서로 공유하게 되는 것들이 있다. 헬스장에서는 운동기구를 함께 써야 하고 폴 댄스도 마찬가지다. 클라이밍은 다소 범위가 넓기는 하지만 홀드가 부착된 벽을 공유한다. 그러니 암장의 벽을 오른다는 것은 서로에게 벽에 매달린 자신의 뒷모습을 온전히 보여야 하기에 흡사 무대에 오르는 과정과 비슷하다고 볼 수 있다. 특히 영화 〈스파이더맨〉을 연상하게 하는 고수들의 화려한 동작을 구경하다 보면 그들이 마치 무대 위에서 공연하는 댄서들처럼 보이기도 한다.

그래서일까. 클라이밍을 하다 보면 같은 루트라도 더 깔끔하고 멋지게 해내고자 하는 내적 욕구가 생기며 이는 쇼맨십으로 종종 나타나기도 한다(가령 무리해서 점프를 하지 않고도 충분히 닿을 수 있는 거리인데 굳이 몸을 날린다거나 완등 홀드에서 덩크 슛을 하는 것처럼 매달려 세리머니를 하는 등).

만약 타인의 시선을 부담스러워하고 무대 공포증이 있는 사람이라면 이 운동과는 다소 맞지 않을 수 있다. 반면에 타인의 관심을 부담스러워하지 않고 오히려 즐기는 편이라면 이 운동이 무척 잘 맞을 것이다. 벽에 매달려 있는 1~2분의 시간만큼은 사람들의 관심이 온전히 자신에게 쏟아질 테니 말이다.

운동의 성격이 이렇다 보니 등반 과정을 촬영하여 SNS에 올려 공유하는 이들이 꽤 많다. 클라이밍에 관심이 있는 사람이라면 한 번쯤은 볼더링 영상을 접했을 텐데, 알록달록한 홀드를 올라가는 뒷모습만 담긴 영상들을 보며 그것이 무슨 의미가 있는지 의아했을 것이다.

기본적으로는 본인이 완등한 멋진 모습을 자랑하며 관심을 받고 싶은 마음도 있지만, 단순히 그것 때문만은 아니다.

벽에 오른 이들의 등은 생각보다 많은 정보를 전달한다. 이 사람이 지금 어떤 방향으로 나아가고자 하는지, 무엇을 고민하고 있는지, 왜 저 자리에 멈춰 있는지를 보여준다. 몸을 풀기 위해 간단한 문제에 여유롭게 매달려 있는 것인지 아니면 풀기 어려운 문제에 전력으로 매달려 있는지가 벽에 매달린 이들의 뒷모습에서 읽힌다.

하지만 이렇게 많은 정보를 담고 있는 뒷모습을 정작 자신은 볼 수 없어 클라이머들은 등반하는 모습을 촬영해 스스로를 돌아보는 용도로 쓴다.

자신의 모습을 영상으로 보면 마치 타인의 동작을 보듯 관찰하게 되고, 자신의 도달 범위나 동작의 문제점을 보다 수월하게 파악할 수 있다는 점에서 아주 좋은 훈련이 된다. 일종의 오답 노트인 셈이다. 현장에서 여러 번 영상 촬영과 재생을 반복하다 보면 자신의 문제점을 직면하게 되고, 전략을 수정하여 대입하다 보면 결국에는 풀리지 않던 문제의 완등 영상도 찍을 수 있게 되는 것이다.

여러 번 실패했던 문제의 완등에 성공했을 때 그 기쁨은 말로 다 표현할 수가 없다. 특히 영상 속에 오롯이 남아 있는 자신의 모습을 보면 뿌듯하기도 하고, 완등하던 순간의 감격이 되살아나기도 한다. 그러면서 세상에서 가장 멋져 보이는 나의 완등 영상을 어딘가에 자랑하고 싶어진다(가끔은 멋있는 완등 영상을 SNS에 올리기 위해 온갖 노력을 다해 문제를 풀어내기도 한다. 주객전도이기는 하지만 나름의 긍정적인 효과로도 볼 수 있다).

가끔 암장에 빼곡히 늘어선 삼각대를 보고 있으면 진풍경이다 싶다가도 아무렴 어떨까 싶다. 적어도 암장에서만큼은 누구에게나 멋짐을 추구할 권리가 있으니까!

몇 번을 떨어져도 다시 올라갈 수 있는 용기

내가 여덟 살 때 아버지는 사업에 실패하셨다. 당시 동네에서 제일 좋은 집에 살았던 우리 가족의 삶은 한순간에 나락으로 떨어졌고, 각자 친척 집으로 뿔뿔이 흩어져야 했다. 뼛속까지 사업가였던 아버지가 피나는 노력 끝에 재기에 성공했을 때는 어느덧 18년이라는 세월이 흘러버린 뒤였다. 그때 내 나이는 이십 대 중반을 향하고 있었다.

아버지의 사업 실패로 나는 십 대와 이십 대 초반을, 아버지는 삼십 대 후반부터 오십 대까지를 경제적으로나 가정적으로 상당히 불안하게 지내야 했다. 지금껏 살아온 삶의 절반에 해당하는 그 시간들은 인생에서 겪었던 경험 중 가장 극적이었으며 내게 모종의 두려움을 심어주었다. 무의식적으로 도전을 두려워하게 되었다. 섣불리 도전했다가 공들여 쌓아왔던 모든 것이 한순간에 무너져버릴 수도 있다는 생각이 들어 무서웠기 때문이다.

성장 과정에서 나는 삶에서 추구해야 할 최고의 목표를 안정성에 두었다. 아버지의 사업이 잘되던 어린 시절은 화려하고 좋았지만 그 기간이 너무도 짧아 이제는 기억조차 잘 나지 않는 반면, 이후의 길고 힘들었던 시간은 지금도 무척 생생해 얼마 되지 않은 일처럼 느껴진다. 그러면서 점차 나도 모르게 모험이 없는 삶을 꿈꾸게 되었다.

칠전팔기 끝에 아버지가 사업 재기에 성공하셨을 무렵, 내 삶의 가치관은 이미 기복 없는 안정적인 삶으로 방향이 뚜렷하게 잡혀 있었다. 하루하루의 생존만을 보고 달려오다 어느 정도 숨통이 트인 아버지는 그때부터 내게 이런 말씀들을 자주 하셨다.

"너는 너무 실패를 두려워해. 네 나이 때는 이것저것 실패를 다양하게 해봐야 하는데."

"그렇게 넘어지는 걸 두려워해서는 큰사람이 될 수 없지 않겠니? 이미 가진 것에만 집착하지 말고 좀 더 과감하게 이것저것 시도해봐."

당시 나로서는 전적으로 공감할 수 없는 말들이었다. 나에게 실패는 살면서 한 번쯤 겪어볼 만한 일이 아니었다. 실패 이후 재기하기까지 꽤 오랜 시간이 걸렸던 아버지의 삶을 생각하니 더욱이 겪고 싶지 않았다.

아버지가 실패에 대해 아무것도 아니라는 듯이 말씀하실 때마다 나는 더욱더 작은 실수나 실패라도 하지 않으려 매사에 조심하며 살폈다. 아마 그런 내 모습이 아버지에게는 답답해 보였을 것이다. 지난 시간이 우리 가족에게 남긴 상처는 서로를 이해하지 못하게 만들고 있었다.

그렇게 영원히 받아들이지 못할 것 같던 아버지의 말을 비로소 이해하게 된 것은 클라이밍을 시작하면서부터였다. 위험한 것이라면 최대한 피하고 봤던 나였으나 신기하게도 암장에서는 수도 없이 떨어지고 매달려도 아무렇지 않았다.

처음 클라이밍을 시작하고 얼마 안 되었을 때는 완등을 목표로 하기보다는 벽에 매달려 떨어지지 않는 것에 초점을 맞추었다. 당시 벽에 매달려 있으면 '무섭다, 떨어지고 싶지 않다'는 생각을 가장 많이 했을 정도로 추락에 대한 공포가 무척 심했다. 절대로 떨어져서는 안 된다고, 이대로 끝까지 가지 않으면 떨어져서 크게 다칠지 모른다고 생각했다.

하지만 운동을 계속하다 보니 점차 생각이 바뀌었다. 추락에 익숙해진 것이다. 암장에서 시간을 보내다 보면 벽에서 떨어진다는 것은 늘상 있는 일이었고 생각보다 별것 아니었다. 하도 떨어지다 보니 나중에는 그래, 뭐 떨어질 수도 있지 하고 넘어가게 되었다. 막상 떨어져도 대단히 큰 사고가 일어나지도 않았고(물론 낙법을 지켜 잘 떨어지는 것이 중요하기는 하다).

한 번도 떨어지지 않고 단번에 성공하는 문제들도 많았지만, 그런 문제만 계속 풀어서는 실력이 늘지 않음을 깨닫게 되었다. 한 단계 더 발전하기 위해서는 떨어질 것을 각오하고 벽에 오르는 자세가 필요했다.

정말 간절하게 완등하고 싶은 문제는 과감히 시도한다 하더라도 몇 번은 떨어질 수밖에 없음을 깨닫게 되자 불현듯 아버지의 말씀이 떠올랐다. 마냥 실패를 두려워하던 나를 두고 아버지가 하셨던 말씀이 무슨 뜻인지 그제야 조금 알 것 같았다.

첫 시도에 보란 듯이 성공하지 못해도, 떨어져서 매트 위를 구를지라도 다시 일어나 벽에 붙을 수만 있다면 그만이다. 유명한 야구 선수 요기 베라의 말처럼 "끝날 때까지 끝난 게 아니"니까.

어쩌면 아버지도 지난 세월 동안 나처럼 계속해서 벽에 매달려왔던 것은 아닐까. 하염없이 매달리고 떨어지기를 반복하는 문제 앞에서 내가 투지를 불태웠듯 아버지도 지난 시간 동안 끊임없이 노력해오신 것이 아닐까. 새롭게 시도하였으나 실패, 전략을 바꿔 다시 시도… 그 끝에 지금의 아버지가 계시다고 생각하니 마음 한편이 저려왔다. 비록 그 무게는 다르다 할지라도 어쨌든 우리 부녀가 암장 안팎에서 맨몸으로 벽에 부딪히는 싸움을 계속해왔던 것은 분명하니까.

What's in my bag?

: 클라이밍 가방에는 무엇이 들어 있을까

언제든 생각나면 바로 들고 나갈 수 있도록 거실 한구석에 항상 클라이밍 가방을 챙겨 놓아두는 편이다. 운동하러 갈 때 이 가방 하나만 쓱 들고 가면 될 수 있게 꾸려 놓은 것인데, 암장에 한 번 갈 때마다 의외로 챙겨야 할 짐이 많아서 부피가 꽤 크다. 지금부터 그 안에 들어 있는 이런저런 것들을 하나씩 꺼내어 살펴보려 한다.

> ### 암벽화

클라이밍을 시작하게 되면 가장 먼저 구매하는 것이 아닐까. 암벽화는 벽에서 홀드를 밟고 체중을 실었을 때 미끄러지지 않도록 고무 밑창이 덧대어져 있다. 암장에서 대여하는 경우 얇은 양말이나 덧신 등을 착용하고 신기도 하지만 그러면 발가락이 안에서 헛돌 수 있어 보통은 개인 신발을 구비하여 맨발로 신는 경우가 많다. 등반을 수월하게 하려면 평소 운동화 사이즈보다 한두 사이즈 정도 작게 신는 것이 좋다(이때 신발이 어느 정도 자기 발에 맞게 늘어나도록 길들이는 시간이 필요한데 그때가 무척 고통스럽다). 신발 소재 특성상 발이 부드럽게 들어가지 않기에 새 신발을 신을 때는 비닐봉지를 양말처럼 사용하기도 하지만 주로 맨발에 신기 때문에 운동 후에는 꼭 통풍이 잘 되는 곳에 말려주어야 한다.

초크 백 Chalk bag

벽에 매달려 있으려면 손에 있는 땀을 휘발시켜 없애는 것이 중요하기 때문에 암장에서는 초크(암벽 타기를 할 때 미끄럼을 방지하기 위해 손에 뿌리는 가루)를 사용한다. 액체 상태로 되어 있어 바르면 하얗게 굳는 액상 초크와 분필을 깨부순 것 같은 가루 형태의 초크 두 종류가 있다(간혹 암장마다 특정 초크의 사용을 금지하는 경우가 있으니 잘 알아봐야 한다). 초크를 담아 두는 초크 백은 허리에 매달 수 있는 작은 것과 바닥에 놓고 쓰는 버킷 형태의 큰 것이 있다. 허리끈이 있는 작은 초크 백은 주로 장시간 등반을 하느라 벽 위에서 중간중간 초크를 발라줘야 하는 경우에 주로 쓰이며, 등반 시간이 비교적 짧은 볼더링을 위주로 할 때는 바닥에 두고 쓰는 커다란 초크 버킷이 보다 유용하다.

브러시

일명 '칫솔'이라 불린다. 여러 사람이 초크 묻은 손으로 계속 같은 홀드를 잡다 보니 갈수록 미끄러워지는데, 그럴 때 홀드 사이사이에 낀 초크 찌꺼기들을 문질러서 털어낼 때 유용하다. 개인적으로 작은 브러시를 들고 다니기도 하지만 암장에 가면 대개 공용으로 쓸 수 있는 대형 브러시가 있다(주로 장대에 끼워진 상태로 구석에 비치되어 있다). 더 확실한 효과를 원한다면 홀드를 박박 문지른 뒤에 입김을 '후' 하고 불어주는 것도 방법이다(이때 공중에 날리는 가루를 그대로 흡입하지 않도록 주의해야 한다).

굳은살 제거용 파일 File

클라이밍이나 철봉 매달리기, 턱걸이 등을 하다 보면 손바닥과 손가락이 연결되는 부위에 굳은살이 노랗게 박이는데 절대로 그냥 두어서는 안 된다. 굳은살이 있는 상태에서 계속 운동을 하다가는 어느 날 갑자기 굳은살 부위만

'똑' 하고 떨어져 나가 그 자리에 구멍이 뚫릴 수도 있다. 일단 그렇게 피부에 구멍이 나면 그 자리에 새살이 올라오는 동안은 이러지도 저러지도 못하고 고통스러운 날들을 보내게 될 것이다. 손 씻을 때마다 눈물이 핑 도는 극한의 고통을 체험하고 싶지 않다면 굳은살 제거용 파일은 하나 꼭 구비해두자. 모양은 기본적으로 손톱의 광을 낼 때 쓰는 네일 버퍼와 비슷한데 그보다는 조금 더 입체적으로 생겼다. 파일 표면에 부착된 사포의 거친 정도에 따라 유형이 달라 본인에게 맞는 형태로 구매하는 것이 가장 좋다.

클라이밍 테이프

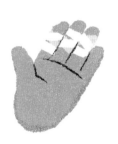

클라이밍은 순간적으로 힘을 쓰는 운동이라 관절과 근육이 상할 위험이 높다. 이때 꼼꼼하게 테이핑을 하고 운동을 하면 부상 방지는 물론이고 등반도 수월해진다. 보통 테이프는 두 개를 구매하여 하나는 손목, 다른 하나는 삼등분으로 얇게 잘라 손가락용으로 쓴다. 중요한 것은 테이핑을 하는 순서인데 반드시 초크를 바르기 전에 먼저 해야 한다. 초크를 바르고 한창 등반을 하다 중간에 테이핑을 하게 되면 초크 때문에 접착력이 떨어지기 때문이다.

테이핑 방법에는 여러 가지가 있어 잘 모를 때는 유튜브에 있는 관련 영상을 참고하거나 암장에 지나다니는 고수분들께 여쭤보면 친절히 알려주신다(나의 경우를 예로 들면 손목에는 테이핑을 챙겨서 하는 편인데 손가락 테이핑은 홀드를 잡는 감도가 떨어져 잘 하지 않는다).

삼각대

함께 운동하는 사람이 늘 있다면 상관없겠지만, 누구에게 부탁할 필요 없이 혼자서 편하게 영상을 찍어보고 싶다면 삼각대를 휴대하는 것이 좋다. 암장마다 자체적으로 공용 삼각대를 갖추고 있는 곳도 있지만 그렇지 않은 곳이 많으므로 작은 삼각대 하나 정도 가방에 넣어두면 꽤 유용하다(사소한 팁이라면 누군가 삼각대로 촬영하고 있다면 가급적 그 카메라가 촬영하고 있는 앵글 앞으로는 지나다니지 않고 피해주는 것이 좋다).

핸드크림

운동 직후 거칠어진 손을 보드랍게 해주는 용도로 쓰인다. 보습력이 좋은 일반 핸드크림을 사용해도 무방하지만 암장에서 클라이머들을 위한 전용 핸드크림도 판매하고 있으니 비교하여 각자에게 맞는 것으로 쓰면 된다(전용 핸드크림은 다소 기름기가 돌기는 하지만 운동

직후 느껴지는 열감을 잡아주고 피부 재생의 기능까지 더해진 것도 있다).

텀블러

운동을 하다 보면 물을 자주 마시게 되니 텀블러를 하나씩 구비하여 가지고 다니면 보다 유용하다. 보통 암장에 가면 정수기와 종이컵이 있어 거기에 이름을 써서 자리에 두고 계속 마시기도 하지만, 개인 텀블러를 쓰면 훨씬 편하고 일회용품 사용도 줄일 수 있다. 이때 텀블러는 매트 위에 올려두어 등반에 방해가 된다거나 엎지르면 안 되기 때문에 암장에서 마련해둔 컵홀더 위에 두고 마시는 것이 좋다.

간식

워낙 체력 소모가 많은 운동이라 하다 보면 중간중간 허기가 느껴질 수 있다. 그럴 때 포도당 캔디나 초콜릿을 한두 개 꺼내 먹으면 놀라운 효과를 발휘한다.

클라이밍에는 볼더링만 있는 게 아니니까

: 클라이밍의 종류

나의 클라이밍 경험은 실내 볼더링만으로 다소 제한적인 편이나
사실 클라이밍의 종류는 꽤 다양하다. 이번 장에서는 볼더링 외 클
라이밍을 즐길 수 있는 다양한 방법들에 대해 간단히 소개하고자
한다.

지구력 트레이닝

벽에서 오래 버틸 수 있도록 지구력을 훈련하는 방식으로 대부분
의 암장들은 볼더링 영역과 지구력을 훈련하는 영역을 분리해 구
성한다. 전자가 6~10개 사이의 홀드로 구성된 다소 짧은 문제라면
후자는 그에 약 두세 배 정도의 홀드 수로 이루어져 있다.

볼더링이 힘을 효율적으로 분배하여 다양하게 세팅된 코스를 푸
는 유형이라면 지구력 트레이닝은 그보다 더 많은 홀드를 잡아야
하며 다소 먼 거리에 있는 완등 지점까지 떨어지지 않고 도달해야
한다는 특징이 있다. 볼더링 문제는 대부분 아래에서 위로 오르는
형태로 완등 홀드가 상단에 존재하나 지구력 문제는 좌우로 길게
이동하는 경우가 많다. 단계별로 다양한 유형의 손 홀드와 발 홀드
를 각각 잡고 밟아볼 수 있도록 구성되어 마치 『수학의 정석』 연습

문제를 반복해서 풀던 것을 떠올리면 이해가 쉽다.

운동 순서는 개인의 성향에 따라 적절히 조절하면 되지만 암장에 도착하여 몸을 푼 다음 힘이 조금이라도 더 있을 때 30분 정도 지구력 코스로 훈련한 뒤 볼더링에 임하는 것이 일반적이다(반대로 힘이 빠졌을 때 지구력 코스로 마무리 운동을 하는 경우도 있다).

볼더링 문제를 푸는데 더는 실력이 늘지 않는 듯한 정체기를 겪거나 어떤 동작을 취할 때 결정적인 힘이 부족하다는 느낌을 받으면 전략적으로 지구력 트레이닝을 강화하기도 한다. 분명한 것은 지구력 트레이닝을 부지런히 하다 보면 코어 근육도 키울 수 있고, 볼더링을 할 때도 안정적인 동작을 구사하게 된다는 점이다.

리드 클라이밍

보통 클라이밍이라고 하면 줄에 매달려 있는 모습을 많이 떠올리지만 그것의 정식 명칭은 '리드 클라이밍'이다. 하네스라는 장비를 착용하고 안전줄을 매단 뒤 벽을 올라가는데, 볼더링과 달리 15미터 정도의 높은 벽을 올라가기에 보통 2인 1조로 구성되어 한 명이 등반할 때 다른 한 명이 줄을 풀어주고 잡아준다(이것을 빌레이Belay라고 하며 리드 클라이밍을 하기 위해서는 꼭 빌레이 교육을 받아야 한다). 오토 빌레이 장치가 있어서 혼자 15미터짜리 리드 클라이밍을 할 수 있는 실내 암장도 있다. 오토 빌레이의 경우에는 안전 로프가 연결되어 있어 완등 홀드를 찍은 뒤에 곧장 뛰어내리는 점프 다운을 한

다. 떨어지는 순간 살짝 몸이 뜨는 것처럼 느껴지기는 하지만 아주
겁을 낼 정도는 아니다.

자연 암벽

암장이나 동호회에서 자연 암벽 등반을 떠나는 경우가 종종 있다.
보통 그런 곳들은 산속 깊숙이 있어 필연적으로 등산도 같이 하게
된다. 실내 암장에는 매트가 깔려 있지만 자연 암벽을 탈 때는 반드
시 접이식 매트를 챙겨 가야 한다(매트를 지고 올라가는 것이 매우 힘들
다고는 하나 자연 속에서 클라이밍을 하며 느끼는 짜릿함이 모든 것을 잊게 해준
다고 한다). 특히 부상 위험이 무척 크기에 누군가 등반을 시작하면
여러 명이 밑에서 매트를 대고 따라다녀야 한다.

애드 온 Add On

어린 시절에 자주 하던 '시장에 가면' 놀이를 기억하는가? "시장에
가면 두부도 있고"라고 누가 선창하면 다음 사람이 "시장에 가면
두부도 있고, 생선도 있고"라고 앞 사람이 말했던 것에 이어 다른
소재를 추가하여 노래를 만들어가는 게임 말이다. 애드 온도 마찬
가지다. 일종의 '암장에 가면'이라는 게임으로 볼 수 있다. 앞 사람
이 잡고 올라간 홀드의 루트를 기억했다가 그것을 따라간 뒤 추가

로 하나 더 잡으면 된다(보통 그룹으로 왔을 때나 강습 시작 전에 몸풀기로 가볍게 진행하는 경우가 많다). 본격적인 운동 시작 전에 가볍게 머리와 몸을 풀 수 있는 게임인데 참가자가 많을수록 더욱 재미있다.

PART 2 ▶

내려올 것을 알지만
그래도 올라가보겠습니다

⏸ ⏭ 🔊 ──●───

다치는 것은 생각보다 괜찮습니다

누군가 "클라이밍을 하신 지 얼마나 되셨어요?"라고 물어오면 내 머릿속은 계산하느라 바빠진다. 처음 시작했던 때로만 따지면 꽤 오래되었지만 내내 해왔던 것은 아니라 총 기간으로 합쳐서 말하기가 망설여지는 것이다.

그 시간을 자세히 들여다보면 몇 달씩 되는 공백기가 존재하며 대체로 크고 작은 부상에서 비롯된 것들이 많다. 변명이 아니라 나의 실력이 늘 한결같은 것도 잦은 부상으로 인한 공백기의 영향이 아주 없지는 않다.

암장에 다니기 시작한 지 얼마 되지 않았을 무렵 그곳의

터줏대감처럼 보이는 분이 다가와 말씀하셨다.

"잘 봐둬요. 암장에 신규 회원 열 명이 등록한다 치면 그중에 1년, 2년 뒤에도 꾸준히 남아서 하는 사람은 한두 명 될까 말까니까요."

"왜요?"

"열 명 중 이 운동이 적성에 맞고 재미를 느껴서 3개월 이상하는 사람이 절반 정도 된다고 치면 대충 1년 뒤에 두 명은부상을 당해 회복 중일 거예요. 나머지는 복귀가 힘든 부상을입어 떠났을 거고. 그때까지 남아 있는 사람이 있다고 해도다쳤다가 회복해서 돌아온 사람일 수 있고, 운 좋게 아직 운동을 하고 있다고 해도 사람 일은 모르는 거니까. 결국 암장은 다쳐서 떠나느냐, 그냥 떠나느냐 둘 중 하나란 말이죠."

마치 해탈한 불자처럼 허허 웃으시며 말씀하시던 그분의목소리가 아직도 귓가에 선하다. 당시에는 암장을 떠나지 못하는 이의 자조적인 농담이라 생각했으나 그로부터 몇 년이지난 지금에 와서 보니 그분의 말에 어느 정도 동의하게 된다. 나 역시 암장에 계속 남아 있기는 하지만 다치고 복귀하는 과정을 무한 반복하고 있기 때문이다.

지금껏 잔병치레를 하느라 병원에 자주 다니기는 했지만 대체로 부상이나 흉터와는 거리가 먼 삶을 살아왔다. 필라테스나 수영, 자전거 타기 등을 꾸준히 해왔으나 부상이 우려될 정도로 격하게 하기보다는 늘 적당히, 딱 기분 좋을 정도로만 해서인지 크게 다치는 일이 없었다.

하지만 클라이밍을 하면서는 꽤 많이 다쳤다. 홀드와 부딪혀 피부가 까지고 무릎에 멍이 드는 경중은 예사이고, 손목과 어깨의 부상을 치료하기 위해 몇 달씩 운동을 쉬어야 했던 적도 있었다. 그렇게 다치면서도 주 2~3회씩 꾸준히 암장에 다니다 보면 나도 모르는 사이에 몸 여기저기에 딱지가 앉았다 떨어진 흔적으로 팔, 다리, 손등이 온통 울긋불긋했다.

처음에는 나도 상처나 부상 등을 내심 걱정했지만 하도 암장에서 그런 일이 비일비재하다 보니 나중에는 신경도 쓰지 않게 되었다. 그저 운동을 하기에 생길 수 있는 상처이고 부상이니 그만큼 열심히 몰입하고 있다는 증거가 아닐까 싶었다. 포기하지 않고 끝까지 벽에 매달려 노력했다는 생각에 부상마저 훈장처럼 자랑스러웠다.

그동안은 뭘 하든지 항상 아픈 것이 싫고 무서워 다칠 것 같은 상황은 무조건 피해왔는데 클라이밍을 통해 그깟 피 좀 나더라도 마음껏 몸을 던져도 괜찮다는 것을 깨닫게 되었다.

클라이밍을 하다가 생긴 크고 작은 상처들은 처음에는 쓰리고 아팠지만 금세 무뎌졌다. 그런 과정을 여러 번 겪으면서 다치는 것도 생각보다 별일이 아니라는 생각이 들었다. 새살은 빠르면 일주일 내에도 다시 올라왔고, 굳은살이 생기며 손은 거칠어졌지만 그마저도 자연스레 자리를 잡아갔다.

주위에서 이 운동을 하다 다치는 사람들을 종종 보게 되면서 내 상처가 별것 아닌 듯 느껴지기도 했다. 복사뼈가 부러지고 십자인대가 파열되고 어깨 근육을 다치는 이들을 보며 나도 조심해야겠다는 생각이 들다가도 '이 정도야 뭐. 감당할 수 있어!'라고 자신하기도 했다.

늘 암장에 보이던 사람이 한동안 보이지 않으면 '아, 어딘가 또 다쳤구나' 생각하게 되지만 그것도 그때뿐이었다. 클라이밍에 한번 빠진 사람은 무슨 일이 있더라도, 무슨 수를 써서라도 다시 암장으로 돌아오게 되어 있다. 그런 것을 보면 이 운동은 확실히 중독성이 있는 것 같다. 하루라도 빨리 다시 운동을 하기 위해 재활 치료 계획까지 세우는 이들을 보면 선수가 될 것도 아닌데 저렇게까지 해야 하나 싶어 마냥 감탄스럽다.

신기하게도 비슷한 부상을 몇 번 당하고 나면 회복 속도도 미묘하게 빨라지는 것 같다(예를 들면 살이 벗겨지더라도 새살이 나는 속도가 점점 빨라지는 식이다). 마치 내 몸이 업그레이드라도 된 것처럼 회복탄력성이 높아지는 것이다.

그런 것을 보면 회복탄력성을 이끄는 가장 확실한 요인은 몰입인 것 같다. '어서 나아 다시 클라이밍을 하고 싶다'는 생각이 몸과 마음의 회복 의지를 활활 불타게 만드는 것이다. 순수한 몰입의 경험은 꼭 클라이밍이 아니더라도 자신이 좋아하는 일을 통해 얼마든지 느낄 수 있다.

큰 부상을 입고 회복기를 거쳐 암장에 돌아온 사람들은 한동안 안전을 강조하느라 실력의 퇴보를 겪기도 하지만, 일시적인 침체기 역시 성장의 한 과정으로 받아들이며 크게 개의치 않는다. 부상의 트라우마를 극복해가는 과정 역시 자신의 깜냥을 알아가는 과정이라 여겨 겸허히 받아들인다.

중요한 것은 얼마나 어려운 문제를 거뜬히 풀어냈는지가 아니다. 클라이밍을 진정으로 아끼고 사랑하는 이들은 실력이 늘 제자리걸음인 것처럼 보여도 꾸준히, 안전하게 이 운동을 오래오래 즐길 수 있기를 바란다. 빨리 가기보다는 천천히, 그리하여 결국은 멀리 갈 수 있기를 소망하는 것이다. 물론 나 역시 그런 사람 중 한 명이고.

부상과 회복을 뫼비우스의 띠처럼 반복해 회복탄력성을 기르는 것도 좋지만, 본인의 회복 범위를 넘어서는 큰 부상을 당해 운동을 하지 못하게 되거나 일상생활에 영향을 미치는 일은 없어야 할 것이다. 다만, 운동의 특성상 크고 작은 부상은 필연적이기에 그마저도 클라이밍이라는 스포츠의 일부라 생각해 기꺼이 받아들일 수 있는 담대함을 미리 갖추길 권한다.

체력은 누구에게나 무한하지 않으니까

클라이밍에는 '루트 파인딩Route Finding'이라는 말이 있다. 주로 문제를 풀기 전에 시작 홀드에서 완등 홀드까지 배치된 홀드의 구조를 보며 가야 할 길을 머릿속으로 미리 그려보는 과정을 일컫는다.

한정된 힘을 사용하여 목적지에 도달해야 하는 클라이밍의 특성상 무작정 올라가다 보면 다음 홀드를 잡기에 급급해지고, 그러다 보면 시간과 에너지의 낭비가 발생한다. 그렇기에 루트 파인딩은 클라이밍에 있어서 무척 중요한 과정이라 할 수 있다.

물론 엄청나게 강인한 체력을 자랑하는 클라이머라면 굳이 루트 파인딩을 하지 않고도 한 번에 완등을 해낼 수도 있을 것이다. 그렇지만 누구이 강조해왔듯이 이 운동은 결코 체력으로만 하는 것이 아니다. 설령 그렇게 해서 완등 홀드에 도달한다 해도 나중에는 다른 문제를 풀기 위해 쓸 수 있는 체력이 급속히 줄어들게 된다.

결과적으로 같은 시간이 주어진다고 가정했을 때, 루트 파인딩을 잘하는 클라이머와 무작정 힘으로 올라가는 사람은 전체 운동량에서 차이가 있을 수밖에 없다. 과하게 힘을 쓰다 보면 근육에도 무리가 가게 되어 같은 문제를 풀더라도 더 힘들게 풀기 마련이다. 기껏 시간 내어 온 암장에서 많은 문제를 풀지도 못하고 집으로 돌아가게 되어버리는 것이다.

암벽을 효율적으로 오르려면 들뜬 마음으로 무작정 홀드를 잡아서는 안 된다. 막상 벽에 오르면 시야가 순식간에 좁아져버리기 때문에 한두 걸음 뒤로 물러서서 전체적인 그림을 먼저 보고 몸을 움직여야 한다.

다음은 클라이밍 강습이나 관련 유튜브 영상에서 공통적으로 강조하는 사항들이다.

- 낙법 : 넘어질 때 허리나 발목, 손목 등에 충격이 가지 않도록 안전하게 넘어지기
- 완등 후 뛰어내리지 않기(클라임 다운Climb down, 완등 지점에서 바로 뛰어내리는 것이 아니라 주변의 홀드를 붙잡고 안전하게 매트 근처로 내려와 적당한 높이에서 뛰어내려 매트에 착지하는 것을 의미한다)
- 운동 전후로 충분히 몸풀기
- 루트 파인딩

    낙법이나 몸풀기가 안전한 클라이밍을 위해 꼭 지켜야 할 지침이라면 루트 파인딩은 볼더링을 재미있게 즐기기 위한 필수적인 요소이다. 클라이밍을 막 시작했을 무렵에는 나 역시 의욕이 앞서 루트 파인딩을 건너뛰거나 소홀히 하기도 했다. 그때는 벽을 올라가는 것이 마냥 재미있어 눈치채지 못했으나 어느 정도 시간이 지나자 다른 사람들의 모습이 눈에 들어왔다.

    낑낑대며 올라가는 나와 달리 여유로운 자세로 벽을 오르는 고수들의 모습을 보고 신선한 충격을 받았다. 뭘 잘 모르던 초보 시절에는 그 차이가 단순히 경험치나 근력 차이에서

비롯된 것인 줄 알았다. 하지만 고수들의 등반 패턴을 자세히 관찰한 결과 나와 그들의 차이는 루트 파인딩에 있다는 것을 깨닫게 되었다.

고수들은 벽에 자주 오르기보다는 대부분의 시간을 매트에서 벽을 바라보며 보내고 있었다. 그들의 여유는 무한한 힘이 아닌 철저한 예습에서 비롯된 것이었다.

루트 파인딩의 가장 기본적인 방법은 자신이 잡고 올라가야 할 홀드들을 시작 홀드에서부터 완등 홀드까지 눈으로 먼저 쭉 따라가보는 것이다. 이 문제는 총 몇 개의 홀드로 구성되어 있는지, 어떤 모양의 홀드가 어떤 방향으로 배치되어 있는지, 홀드와 홀드 사이의 간격은 얼마나 되는지 등을 대강 파악한 뒤 어떤 움직임을 적용할지 구상해보는 것이다. 그러면서 그 구상에 따라 어느 구간에서 힘을 아끼고, 힘을 줄 것인지도 미리 생각해야 한다. 벽에 올라가 홀드 사이를 누비는 자신의 모습을 상상력을 발휘하여 그려보는 것이다. 마치 벽 위에 자신의 모습을 증강현실로 겹쳐보듯이 말이다.

그런 과정을 거쳐 벽에 매달리면 똑같은 힘으로라도 훨씬 많은 문제를 풀 수 있게 된다. 막상 벽에 매달리면 시야가 좁아지는데 루트 파인딩을 하고 나면 다음 홀드를 찾아내고 이동하기가 한결 쉽게 느껴진다. 특히 볼더링 문제에 비해 루트가 다소 긴 지구력 훈련 벽에 매달릴 경우 루트 파인딩은 더더욱 필수다. 본인이 매달린 위치에서 다음 홀드의 위치가 위쪽인지 아래쪽인지만 미리 파악해둬도 문제를 푸는 데 훨씬 용이하다.

클라이밍 용어 중 새로운 볼더링 문제에 도전하자마자 첫 시도에 추락 없이 한 번에 완등하는 것을 가리켜 '온 사이트 On Sight'라고 한다(보통은 줄여서 '온싸'라고 많이 쓴다). 이 용어에 시력을 의미하는 'Sight'라는 단어가 쓰인 것만 봐도 클라이밍에서 눈으로 길을 따라가는 루트 파인딩 능력이 얼마나 중요한지 알 수 있다.

보통 볼더링 문제를 풀다 보면 본인의 실력이 어느 정도인지 자연스럽게 파악이 된다. 자신의 실력에 걸맞은 난이도라면 루트 파인딩만 잘해도 쉽게 온 사이트를 해낼 수 있지만 실력에 비해 풀기 어려운 문제라면 결코 쉽지 않을 것이다.

그럴 때는 '눈'에만 의존하지 말고, 다양한 방법을 동원해서 보다 적극적으로 루트 파인딩을 해야 한다. 자꾸만 떨어지는 지점이 있다면 시작 지점에서부터 다시 시작할 것이 아니라 다시 타고 올라가 원인을 찾아보아야 한다. 그 지점에서 자꾸만 떨어지는 이유가 거기까지 가는 데 힘을 너무 많이 써버려서인지, 다음 지점으로 가기 위한 움직임이 현재 실력으로 소화하기에는 무리가 있어 그런 것은 아닌지 눈으로, 몸으로 탐정처럼 추리하고 재현하며 문제를 정확히 파악해야 한다.

루트 파인딩을 통해 얻은 그런 경험은 몸에도 고스란히 남아 훗날 비슷한 유형의 다른 문제를 풀 때도 도움을 주니 당장은 어렵더라도 꾸준히 하다 보면 노력이 빛을 발하는 순간이 분명 올 것이다.

내가 주식 투자에 빠진 이유

나는 올해부터 본격적으로 주식 투자를 시작했다. 코로나19 바이러스가 전 세계로 확산되며 사태가 장기화되고, 변동성 장세가 판을 치는 이때 주식 시장에 뛰어든 사람들을 일컫는 말인 '동학 개미'가 바로 나다.

클라이밍 이야기를 줄곧 해오다 갑자기 주식 투자를 꺼낸 이유는 얼핏 보면 전혀 상관없어 보이지만, 이 두 활동의 속성이 내게는 근본적으로 유사하기 때문이다. 내게는 주식 투자를 하기 위해 연구하고, 시도하고, 실패를 통해 배워나가는 일련의 과정이 클라이밍에서 볼더링 문제를 풀어나가는 과정과 비슷했다.

관심을 가지고 투자할 종목을 찾아보기 위해 차트와 그날의 흐름을 살펴보고 그에 맞춘 종목을 공부하는 과정이 클라이밍으로 따지면 루트 파인딩이었다. 이후 실제로 투자하여 수익을 거두는 행위는 볼더링의 한 과정처럼 느껴졌다. 끝으로 그날그날의 투자를 마친 뒤 매매 일지를 기록하는 행위는 암장에서 촬영한 등반 영상을 집에서 다시 돌려보는 것과 비슷했다.

특히 끊임없이 생각하고, 실행하고, 복기하는 과정에서 가장 중요한 변수가 자신이라는 점이 가장 비슷했다. 클라이밍을 할 때 보면 자신의 체력과 컨디션을 수시로 체크해야 하는데 주식 투자도 마찬가지였다. 잔고 상황과 현재 종목 보유 현황, 심리 상태를 세심히 확인하고 살펴야 했다. 나는 결정을 내리는 주체이면서 동시에 관찰자가 되어야 했다. 자신을 객관적으로 관찰하지 않으면 자칫 실수로 이어질 수 있고 그것은 큰 손실로 이어질 수 있어 각별한 주의가 필요했다.

월급쟁이로서 모험을 지양하며 살아온 내게 주식 투자는 그야말로 생전 처음 경험하는 재정적인 모험이었다. 그 안에서 맛보는 크고 작은 성취는 나를 들뜨게 했다. 예상했던 전략이 들어맞아 크게 수익을 냈을 때의 짜릿함은 여러 번의 전략 수정으로 어렵게 완등 홀드를 잡았을 때만큼이나 감동적이었다.

클라이밍이 체력을 단련하는 육체적 훈련이라면 주식 투자는 다방면의 지식을 쌓고 사유의 힘을 기르는 정신적 훈련 같았다. 실제로도 『지적 대화를 위한 넓고 얕은 지식』의 저자 채사장은 〈어쩌다 어른〉이라는 방송에서 주식 투자를 통해 삶의 태도를 배웠다며 다음과 같이 말했다.

"사회는 생각보다 안정적이어서 나의 실패를 막아줘요. (중략)그런데 주식 투자를 하면 끊임없이 실패를 하게 되거든요. 그러면서 내가 하고자 하는 일은 다 이루어지지 않는다는 것을 알게 됩니다. 내가 갖고 있는 원칙, 정보, 노력을 이용해서 문제를 해결해나가야 한다는 것을 알게 되었죠. 내적인 수행을 하는 데는 주식이 아주 효과적입니다."

그 말을 듣고 나는 고개를 크게 끄덕일 수밖에 없었다. 클라이밍과 주식 투자를 할 때마다 끊임없이 수행하는 듯한 기분이 드는 이유 역시 어쩌면 내게는 이 두 가지가 진정한 외

면적, 내면적 수행 자체여서인지도 모르겠다. 그런 관점에서 보면 나는 클라이밍과 주식 투자를 통해 매일매일 인생에 대해 배우고 있는 것이다.

매일 시도해볼 수 있는 작은 모험, 도전, 실패, 성취.

소심한 겁쟁이라 인생을 다 건 모험은 앞으로도 하지 않을 테지만, 현재 나는 주식 투자와 클라이밍을 통해 매일의 작은 모험을 실천해가고 있다. 덤으로 삶의 태도에 적용할 수 있는 교훈도 매일 얻고 있다.

클라이밍을 한 뒤로는 체력이 쌓여가고 있고, 주식 투자를 통해서는 수익을 쌓아가고 있다. 크고 대단한 성과는 아니지만 그간의 노력을 통해 얻은 부와 체력의 결실이 안팎으로 나를 더욱 강하고 단단하게 만들어주었다.

월급 외의 부수입은 나에게 여유와 도전 정신을 선물했다. 적은 액수이지만 월급 외 안정적인 추가 수입이 생기자 그동안 해보지 못했던 다양한 시도를 하게 된 것이다.

이전의 나라면 전혀 꿈도 꾸지 못했을 것들을 지금은 숨 쉬듯이 자연스럽게 해나가고 있다. 클라이밍도, 주식 투자도 그전까지는 내 인생과 거리가 먼 단어들이었으나 지금은 푹 빠져 지낸다. 내가 이렇게 열혈 투자자, 열성적인 클라이밍 덕후가 될 줄은 꿈에도 몰랐다.

클라이밍과 주식 투자는 앞으로도 내가 할 수 있는 최소한의 모험들로 여기고 계속해서 함께할 생각이다. 아마 언젠가 내가 두 번째 책을 내게 된다면 그 책의 제목은 '나는 주식 투자로 인생을 배웠다'가 될지도 모르겠다.

루트 파인딩=셀프 파인딩

앞에서는 루트 파인딩의 중요성을 이야기하였다. 그렇다면 루트 파인딩에서 가장 중요하게 고려해야 하는 요인은 무엇일까? 각 홀드를 식별하여 길을 파악하는 공간 지각력? 아니면 홀드의 모양이나 각종 등반 동작, 기술 등에 대한 지식? 물론 저런 능력들이 있다면 무척 큰 도움이 될 테지만 개인적으로는 그보다 더 중요한 것이 있다고 생각한다. 그것은 바로 자기 자신에 대해 정확히 파악하는 것이다.

암장에 몇 시간씩 머무르다 보면 모든 이들이 자연스레 하나의 문제로 몰려서 같은 문제를 공동으로 풀게 되는 상황을 경험하게 된다. 내가 풀었던 문제를 다른 사람이 푼다거나 누군가가 푸는 문제를 나도 풀어야 하는 상황이 벌어지는 것이다. 여기서 그들이 어떻게 문제를 해결했는지 보는 것은 힌트는 될 수 있지만 나를 위한 답안지가 될 수는 없다. 이유는 간단하다. 나는 그 사람이 아니기에.

예를 들어 키가 180센티미터가 넘는 사람이 키 160센티미터인 나와 같은 문제를 푼다고 가정해보자. 그가 그냥 팔을 뻗기만 해도 닿는 거리가 내게는 몸을 있는 힘껏 비틀고 까치발을 세워야 간신히 닿는 거리일 수 있다. 반대로 나는 쉽게 무게중심을 잡고 버티는 높이가 키가 큰 사람 입장에서는 균형을 잃기 쉬운 높이일 수 있다. 이처럼 문제의 체감 난이도나 푸는 방법은 그 사람이 어떤 신체 조건을 가졌는지 혹은 어떤 성향인지에 따라 다 다르다.

잘 모르는 사람들이 보면 이런 상황이 꽤나 불공평하다고 느껴질 수 있다. 나 역시 암장에서 키가 크거나 근력이 좋은 사람들이 쉽게 쉽게 올라가는 것을 보면 "너 그 문제 부모님이 뱃속에서 풀어준 문제인 거 알지?(어쨌든 키 크게 낳아주셨으니까!)"라며 장난을 치기도 한다.

그렇다고 그 상황에서 심각한 열등감을 느끼거나 하지는 않는다. 암장 밖에서는 늘 타인과 자신을 비교하고 그들이 가진 것과 내가 못 가진 것에 대해 신경 쓰느라 항상 주눅이 들어 있었지만 여기서는 신기하게도 그런 질투나 왜곡된 마음이 잘 안 든다. 그저 '저 사람은 저게 되는구나. 저 방법은 내게 무리일 것 같으니 다른 방법을 찾아봐야겠다. 하다 보면 나만의 방법이 있겠지' 하고 자연스레 인정하게 된달까.

달리 말하면 이 운동에 있어 변수는 오직 자기 자신뿐이다. 벽과 벽에 붙어 있는 홀드는 변하지 않는다. 그 사이에서 움직이고 변화하는 것은 나 자신뿐이며 벽에 매달린 순간 내가 이겨내고 견뎌야 하는 것은 온전히 스스로의 무게다. 내 키와 팔다리의 길이가 허용하는 도달 범위나 다양한 모양의 홀드를 잡고 버텨내는 악력, 다리를 찢어 올릴 수 있는 유연성, 머리에서 구상한 동작을 실제로 구현해낼 수 있는 능력과 순발력이 어느 정도 수준인지 스스로 파악하고 있어야 한다. 이 모든 정보가 자신에게 입력되어 있어야만 정확한 루트 파인딩이 가능해지고 비로소 나만의 정답을 찾을 수 있다.

타인의 답은 힌트가 될 뿐 내게 정답이 되지 않는다는 것,

그러니 비교하지 말고 자신에게 집중해서 답을 찾아갈 것. 이 두 가지는 암장에서 운동하는 이들이라면 다들 암묵적으로 동의하고 있을 일종의 룰과 같다. 나는 이 룰을 통해 그동안 수도 없이 타인과 자신을 비교하며 깎아내리던 습관에서 자유로워질 수 있었고 그 사실이 무척 마음에 든다.

클라이밍은 내게 스스로를 직면할 수 있는 계기를 만들어주었다. 내가 어떤 사람인지, 무엇을 좋아하고 겁내는지, 내 몸이 어떻게 기능하는지 등을 끊임없이 고민하게 했다. 암장에 있는 동안, 정확히는 루트 파인딩을 하기 위해서는 이런 것에 대해 쉴새 없이 생각해야 했다.

사실 나는 타고난 체력의 소유자도 아니고 근지구력이 강하지도, 순발력이 좋은 편도 아니다. 다만 균형 감각이 좋고 몸이 가벼웠으며 필요한 동작을 습득하고 재현해내는 센스가 좋은 편이었다. 암장에서 보낼 수 있는 시간은 최대 세 시간 정도였으며 암장에 머무르는 동안 무언가를 먹고 쉰다 해도 체력은 시간이 갈수록 눈에 띄게 줄어들었다. 예를 들어 처음 한 시간 동안 쓸 수 있는 체력이 95퍼센트라면 운동을 두 시간 정도 하고 나면 70퍼센트로 감소하는 것이다. 이렇게 자신을 파악하고 나니 비로소 조금은 위험해 보일 수 있는 스포츠에 열중하는 나를 믿어줄 수 있게 되었다.

클라이밍은 자기 자신에 대한 신뢰가 중요한 운동이다. 능력을 과신하면 부상을 당하기 쉽고 과소평가하면 실력이 늘지 않는다. 여기서 신뢰는 "너 자신을 알라"는 말처럼 나를 아는 데서 출발한다. 그렇기에 나는 루트 파인딩 이전에 언제나 '셀프 파인딩'을 철저히 하려 노력한다. 그 과정을 통해 스스로에 대한 신뢰와 애정을 끊임없이 쌓아간다.

그런 점에서 클라이밍은 여태껏 내가 해왔던 다른 운동들과 많이 달랐다. 다른 운동을 할 때는 이를 통해 얻고 싶은 목적(다이어트, 유연성 증진, 폐활량 증대 등)만을 생각했고, 남들만큼 하지 못하거나 진도를 따라가지 못하면 짙은 패배감을 느꼈다. 운동이 끝나고 집으로 돌아가는 길에도 개운하기보다는 우울함에 휩싸여 자신에게 못된 말을 퍼붓기도 했으나 암장에 다니면서는 스스로를 그런 식으로 다그치지 않게 되었다. 오히려 나에게 관심을 집중하면서도 함부로 평가하지 않게 되었다.

내가 가진 신체적 특성 때문에 어떤 동작이 구현되지 않아 문제를 푸는 데 어려움을 겪게 되어도 그저 '나는 이렇게 생겼구나'라고 생각할 뿐, 전처럼 '나는 대체 왜 이렇지'라는 생각이 들지 않았다. 그보다는 '어떻게 해야 저 문제를 풀 수 있을까'하고 고민하게 되었다. 나도 모르는 사이에 생각의 방향이 긍정적이고 능동적으로 바뀌어 있었다. 클라이밍을 통해서 말이다.

지금도 그렇다. 벽에 오르다 보면 얼마든지 떨어질 수 있다고 생각하고 심지어는 떨어져도 좋다. 어떻게 매번 오르기만 할 수 있겠나, 살다 보면 중간에 떨어지기도 하고 그러는 거지. 포기하지 않고 계속 오르다 보면 끝내는 나만의 정답을 찾게 될 것이다. 언제나 그랬듯이!

돌아갈 힘은 남겨둬라

〈가타카〉라는 영화가 있다. 미래에는 태아의 유전자를 미리 선별하여 유전적으로 완벽한 인간을 탄생시키는 시대가 온다는 것을 가정하고 만든 SF영화이다.

이 영화의 주인공 빈센트는 자연 임신으로 태어난 개체이다. 유전자의 선별을 거치지 못한 불완전한 존재이기 때문에, 모든 사회적 시스템 속에서 '부적격자'로 분류되어 주류 사회로부터 끊임없이 배제당하며 살아간다. 반면, 그의 남동생 안톤은 정석적인 유전자 선별을 통해 태어나고 자라난 사회의 엘리트이다. 빈센트가 평생을 치열하게 꿈꾸고 노력해야 하는 모든 것들을 안톤은 완벽한 출생 덕에 비교적 수월하게 얻는 것처럼 보인다.

그러던 어느 날 밤, 두 사람은 바다에서 수영 대결을 한다. 예상대로라면 유전적으로 완벽한 안톤이 우월한 신체 능력으로 빈센트를 이겨야 하지만 뜻밖에도 앞서서 거침없이 헤엄쳐가는 쪽은 빈센트였다. 그때 안톤은 빈센트를 향해 소리쳐 묻는다.

"어떻게 그렇게 헤엄칠 수 있지?"

그러자 빈센트가 대답했다.

"난 돌아갈 힘을 남겨두고 헤엄치지 않거든!"

결국 대결은 빈센트의 승리로 끝났고 영화의 이 장면은 내게 깊은 인상을 남겼다. 평생 불완전한 존재로 취급받던 사람이 완벽한 신체 조건과 지능을 가지고 태어난 사람을 이길 수 있었던 힘에 대해 생각하게 되었다. 이것저것 계산하며 따져보지 않고 오직 이기겠다는 목적만으로 죽기 살기로 헤엄쳐가는 집념이 새삼 대단해 보였다.

어려서부터 의지가 약하고 승부욕도 별로 없던 나는 빈센트처럼 무언가에 대해서 그토록 간절한 의지를 가질 수 있다는 것이 한없이 부럽고 멋져 보였다. '나는 왜 빈센트처럼 100퍼센트 몰입하지 못할까', '왜 나는 안톤처럼 항상 돌아갈 여력을 남겨두는 것일까' 그런 생각을 하다 보면 문득 스스로가 못마땅해지고는 했다.

하지만 클라이밍을 하면서부터는 생각이 바뀌었다. 처음 클라이밍을 시작했을 때는 이 운동에도 빈센트의 태도가 필요할 것 같았다. 지금 이 순간이 다시는 없을 것처럼 모든 여력을 쥐어짜서 매달리고 도전해야만 한다고, 그래야 항상 멋지게 성공할 수 있을 거라고 생각했다. 하지만 실제로 이 운동을 하면서 내가 느낀 점은 다른 것은 몰라도 여기서만큼은 빈센트보다는 안톤처럼 행동하는 것이 길게 봤을 때 더 유리하다는 것이었다.

클라이밍을 하며 문제를 풀 때는 본인의 체력과 컨디션을 살피는 것이 무척 중요하다. 벽을 오르고 내려가는 과정 중 어느 단계에서 힘을 얼마나 쓸 것인지 세심하게 계산을 잘하는 사람이 유리한 게임이다.

꼭대기를 의미하는 완등 지점이 존재하기는 하나 죽기 살기로 완등을 했다고 해서 그것이 곧 문제의 완결을 의미하지는 않는다. 완등 홀드에 손을 모으고 3초의 시간을 유지한 뒤에는 다시 안전하게 매트로 내려오는 과정이 꼭 수반되어야 한다.

가끔 보면 올라가는 데 모든 힘을 다 써버린 나머지 완등 홀드에 가까스로 손을 모았다가 추락하듯이 떨어지는 경우도 많은데, 그러면 부상으로 이어지기 쉽다. 완등 홀드를 잡은 순간은 벅차고 기쁘기도 하지만 '이제 됐다'는 안도감에 방심하기 쉬운 때이기도 하다. 방심한 탓에 힘이 풀려 준비되지 않은 상태로 추락하듯이 바닥으로 떨어지면 결국 다칠 수밖에 없고, 운동도 오래 할 수 없다.

그렇다면 위와 같은 실수를 반복하지 않으려면 어떻게 해야 할까. 방법은 간단하다. 루트 파인딩을 할 때 완등 지점을 찍고 매트에 발을 디디는 순간까지 필요한 힘을 촘촘하게 계산해보면 된다. 올라가는 루트만 파악할 것이 아니라 완등 홀드를 잡은 뒤, 다시 어떻게 바닥까지 내려와야 하는지도 미리 계산해두는 것이다.

가까스로 완등 홀드를 잡은 다음 위에서 내려올 길을 찾으려면 그 길이 잘 보이지 않을 때가 많다. 그러다 보면 허둥지

등 내려올 길을 서둘러 찾게 되고, 그 과정에서 오히려 올라갈 때보다 더 큰 공포를 느낄 수도 있다. 그런 상황을 미리 방지하기 위해 아래에서 먼저 내려올 길까지 보고 가는 것이다.

난이도가 올라갈수록 완등 홀드의 모양이나 위치가 잡고 버티거나 매달리기가 쉽지 않은 문제를 풀게 되기도 하는데 그럴 때 완등 홀드만 붙잡은 채 내려오는 길을 몰라서 혹은 힘이 다 떨어져서 아무렇게나 매달리다 보면 자칫 위험한 상황이 생길 수도 있다.

올라갈 때도 마찬가지다. 문제를 풀기 위해 벽에 오르다 보면 지금 더 갔다가는 힘이 다 빠져버릴 것 같은 순간이 있는데, 그럴 때는 무리하게 오를 것이 아니라 일단은 그 자리에서 안전하게 내려왔다가 다시 올라가는 편이 낫다. 본인의 힘이 다 빠졌다는 것을 알면서도 괜한 욕심에 벽에 매달려 있다가는 떨어져야 할 타이밍을 놓쳐 더 큰 부상을 입을 수 있다.

이렇듯 클라이밍에서는 홀드에서 손을 놓을 때도 전략적인 판단이 필요하며 멋진 퍼포먼스만큼이나 아름다운 퇴장도 중요하다.

지나치게 안전함만 추구하다 보면 실력이 늘기는 힘들겠

지만, 때로는 적절한 타이밍에 포기하고 다음을 기약할 줄도 알아야 한다. 그래야 보다 오래, 즐겁게 운동할 수 있다. 암장은 오늘만 여는 것이 아니니까. 내일도, 모레도 도전할 수 있는 날은 얼마든지 있음을 잊지 말자.

운동할 때는 나도 180센티미터

내 키는 160센티미터이다. 크지도, 작지도 않은 내 나이대 여성의 평균 신장이라고 지금껏 자부하며 살아왔으나 클라이밍을 하면서부터는 생각이 조금 달라졌다. 나도 키 덕을 좀 보고 싶었지만 실상은 꿈에 그칠 뿐이다.

볼더링 문제를 출제하는 강사들은 주로 남자이고 그들은 대부분 나보다 키가 크다. 누가 클라이밍과 키의 상관관계를 묻는다면 내게는 준비된 답변이 있다.

"키가 크다고 무조건 다 잘하는 것은 아니지만, 적어도 다른 사람들에 비해 유리한 점은 있습니다."

벽에 붙어 있는 홀드의 거리는 도전자의 신체 조건에 따라 늘어나거나 줄어들지 않는다. 여기에 더해지는 키, 근육량, 몸무게, 유연성 등 다양한 변수는 오로지 자신으로부터 비롯된 것들이다. 그렇기에 암벽은 모두에게 공평한 것 같으면서도 또 불공평한 것 같기도 하다.

분명한 것은 키가 실력을 담보해주지는 않으며 몸이 아무리 가벼워도 등에 근육이 없으면 몸이 무겁고 등 근육이 발달한 사람보다 불리하다. 즉, 어느 조건 하나가 유리하다고 해서 마냥 잘하는 것은 아니다. 그러고 보면 사람의 관상과도 비슷하다. 타고난 각 조건의 개별성보다는 그것들이 서로 어우러졌을 때의 조화가 중요하다.

암장에 있다 보면 각자의 이런저런 신체 조건을 짊어지고 운동하는 사람들을 만나게 된다. 그러다 간혹 누군가가 나와 비슷하거나 혹은 불리한 여건에서 내가 풀지 못한 문제를 가뿐하게 풀어내는 모습을 보면 엄청난 경외감을 느끼게 된다.

'리치Reach(사지를 최대한 펼쳤을 때 닿는 범위)가 안 되어서, 홀드에 손이 안 닿아서'라는 변명은 나보다 적어도 10센티미터는 작아 보이는 친구가 똑같은 문제를 몸을 던져 풀어버리는 순간 설득력을 잃어버리고 만다.

세계적인 클라이머인 김자인 선수의 키는 153센티미터밖에 되지 않지만 홀드 사이로 몸을 날리는 과감하고 용기 있는 모습을 보고 있으면 다들 그녀의 키를 잊게 된다. 만약에 그녀가 키가 큰 선수들을 볼 때마다 자신의 신체 조건을 불리하다고만 생각하고 좌절했다면 오늘날의 김자인 선수는 세상에 존재하지 않았을 것이다.

나보다 신체 조건이 유리한 사람은 세상에 얼마든지 있고 그것은 클라이밍이 아니라 인생의 다른 부분에서도 마찬가지다. 사람은 누구나 다 똑같지 않고 차이가 있으며 이를 받아들일 수 있어야 한다. 클라이밍은 내게 그 사실을 자연스럽게 알려주었다.

남들보다 유리한 조건을 타고나지 못했다고 해서 이것밖에 안 된다고 불평하기보다는 자신이 이미 가진 것에 집중해보자. 나보다 훨씬 유리한 사람도 있지만 분명 누가 봐도 어려운 상황을 딛고 일어서서 더 큰 성과를 이루는 사람도 많지 않은가.

결국 자신이 변수라는 이야기는 문제의 답도 나에게 있다는 뜻이다. 나는 비록 180센티미터의 훤칠한 키와 길쭉한 팔다리는 갖지 못했지만, 그것이 내가 이 운동을 잘할 수 없는 절대적인 이유가 될 수는 없다.

앞서 클라이밍을 할 때 가장 중요한 것으로 자신을 아는 셀프 파인딩을 꼽았으나 그것만큼이나 중요한 것이 소위 말하는 '깡'이다. 셀프 파인딩은 자신의 깜냥을 파악하고 지키기 위해 알아야 하는 것이지만, 거기에만 너무 얽매여 있으면 그 이상 올라가지 못하게 된다.

'때로는 도저히 안 닿을 것 같다'라는 합리적인 의심을 품고도 여기까지 올라온 자신을 믿고 몸을 던져야 한다. 영화 〈스파이더맨 : 뉴 유니버스〉에서 주인공인 마일스가 진정한 스파이더맨으로 거듭나기 위해 필요했던 것이 오직 단 하나, 자신을 믿고 뛰는 것(A leap of faith, 믿음의 도약)이었던 것처럼 말이다.

혹 그러다 떨어지면 또 어떤가. 일단 다음 홀드로 손은 뻗었고, 전보다는 완등 홀드에 한층 더 가까워진 상태이니 언젠가는 닿게 되겠지. 어차피 닿지 않을 거리라 하더라도 일단 있는 힘껏 뻗어보는 행동에 의미가 있지 않을까.

미지의 세계로 뛰어드는 것 같아 두렵더라도 가끔은 자신을 믿고 용기를 내 몸을 던져보자. '클라이밍을 할 때는 나도 180센티미터야!'라고 스스로에게 최면을 걸어 조금씩 능력을 키워가는 것. 이 또한 클라이밍이 주는 묘미가 아닐까.

예쁘지 않아도 괜찮아

클라이밍을 시작하기 전, 나는 외모에 무척 신경을 쓰는 사람
이었다. 특히 네일아트를 좋아해서 2~3주마다 디자인을 새
롭게 바꾸고는 했는데, 이 운동을 시작하고부터는 그런 것은
꿈도 꿀 수 없게 되었다. 암장에 하루만 다녀와도 손톱에 붙
어 있는 장식이 떨어지거나 칠이 벗겨져 금방 보기 흉해졌기
때문이다.

손은 땀을 말리기 위해 묻힌 초크 가루 때문에 눈에 띄게
건조해졌고, 통통하고 부드럽던 손의 감촉은 손바닥에 잡히
는 굳은살과 함께 조금씩 딱딱하고 거칠게 변해갔다. 손가락

마디가 굵어져 매일 끼고 다니던 반지들도 점점 들어가지 않게 되었다.

그렇다고 해도 더 이상 손을 마음껏 꾸미지 못하게 된 상황이 크게 속상하거나 거슬리지는 않았다. 오히려 거칠어진 내 손이 왠지 모르게 더 마음에 들었다. 열심히 벽에 매달리느라 거칠어진 손을 들여다보고 있으면 네일아트로 화려하게 빛나는 손보다 더 반짝반짝 빛이 나는 듯했다.

클라이밍을 시작하고부터 알게 모르게 나의 많은 것들이 바뀌었고 좋아 보이는 것에 대한 관점도 그중 하나였다. 화장이나 네일아트, 액세서리 등 외적인 화려함으로 공허함을 달래려 하거나 집착하지 않게 되었다. 그 대신 다른 습관이 생겼다. 남들이 들으면 이상하게 생각할지 모르지만 손의 굳은살이 사라질까 매일 확인하는 버릇이 생긴 것이다. 굳은살이 박이지 않은 손으로 홀드를 오랫동안 잡기는 어려우므로 나도 모르게 굳은살이 잘 있는지 수시로 확인하게 되었다.

신체의 다른 부위도 마찬가지였다. 빼빼 마른 체형으로 오래 살다 보니 팔다리가 가느다란 것쯤은 대수롭지 않았고, 오히려 옷을 고를 때 사이즈의 제약을 덜 받으니 편리하다고도 생각했다. 하지만 클라이밍을 시작하고 나서부터는 생각이 달라졌다. 근육 하나 없이 흐물거리는 내 몸이 이 운동에 여러모로 불리할 수밖에 없음을 깨달았기 때문이다.

암벽에 올라가 있는 동안은 전신을 적극 활용해야 하는데 내 몸은 생각만큼 나의 의견을 잘 따라주지 않았다. 지금껏 다양한 운동을 해왔지만 비쩍 마른 몸 상태에 경각심을 불러일으킨 운동은 클라이밍이 처음이었다. 그때부터 내 몸을 기능적인 측면에서 새롭게 인식하게 되었다. 비쩍 말라 소위 옷발이 잘 받는다고 우쭐했던 몸이 실상은 해야 할 일을 제대로 하지 못하는 속 빈 강정이나 다름없음을 깨닫게 된 것이다.

꾸준히 클라이밍을 해온 지난 몇 년간 나의 몸은 조금씩 변해갔다. 팔다리는 조금씩 근육이 붙어 예전보다 굵어졌고, 체형이나 분위기도 전과는 달라져 단순하고 수수한 차림을 선호하게 되었다.

외적인 변화도 있지만 가장 큰 변화는 내 마음에 있었다. 더는 외적으로 꾸미거나 치장하는 데서 기쁨을 찾으려 하지 않게 되었다. 그보다는 지금 내 몸이 이 운동을 더 잘할 수 있도록 발전하게 되기를 바라게 되었다. 이 팔로 잘 매달릴 수 있는지, 발끝으로 작은 홀드 위에 잘 버티고 서 있을 수 있는지 운동할 때 다치지 않도록 스스로를 보호할 수 있는지 고민하게 되었다. 무엇보다 가장 중요한 것은 지금처럼 건강한 일상을 지속하는 것이지만.

이렇게 생각이 바뀌다 보니 '예뻐야 한다' 혹은 '예뻐 보였으면 좋겠다'는 심리적 압박으로부터도 자유로워졌다고나 할까. 예쁨을 포기하는 것이 아니라 스스로 놓아버릴 수 있게 되었다. 어차피 앞으로 점점 나이 들어가면서 세상의 미적 기준과는 자연히 멀어지게 될 텐데 흘러가는 시간을 굳이 되돌리려 애쓰기보다는 내면에 집중하여 단단한 삶을 가꿔가고자 한다.

분명한 것은 나는 지금 이대로가 좋다는 것이다. 지금의 나는 이전과 비교하면 훨씬 홀가분해졌고 건강해졌으며 몸을 더 잘 쓰고 있다. 한껏 치장한 모습 뒤에 가려진 예전의 유약했던 몸보다 단단하고 뜻하는 대로 잘 움직여주는 지금의 몸이 더 좋다. 비록 눈가에 주름이 하나둘씩 늘어가고 정수리에 흰머리가 보이기 시작했지만 그마저도 괜찮다. 이게 다 클라이밍을 하면서 얻은 내 몸에 대한 확신 덕분이다.

운동하기 위한 운동

어떤 일을 잘하기 위해서는 기본적으로 빈도가 중요하다. 사람마다 차이는 있겠으나 꾸준히, 자주 하다 보면 실력은 자기도 모르는 사이에 늘어 있기 마련이다.

클라이밍도 마찬가지다. 주 1회 암장을 방문하는 사람보다는 주 3회 이상 꾸준히 출석하는 사람이 실력이 느는 속도가 더 빠를 수밖에 없다.

물론 빈도만으로 충분하지 않을 때도 있다. 암장에 자주 가면 홀드와 벽에 익숙해지고 루트 파인딩에 능숙해져 같은 힘으로 더 오래 운동하게 되고 동작에도 익숙해지지만 단지 그

뿐이다. 스스로 별도의 훈련을 하지 않으면 기본적인 체력이 늘지 않아 결국에는 실력의 정체기에 부딪힐 수밖에 없다.

대부분의 암장에는 본격적인 운동 전후에 가벼운 몸풀기나 근력 운동을 할 수 있도록 요가 매트와 필라테스 링, 케틀벨, 풀업바 등 각종 체력 훈련 도구가 구비되어 있으나 막상 쉽게 손이 가지는 않는다. 벽에 풀어야 하는 문제들을 두고 초연히 체력 훈련에만 매진하기란 쉽지 않다. 대부분은 몸을 푸는 시늉만 하고 바로 벽에 매달리기 바쁘다.

그렇다 보니 어느 정도 암장에 익숙해지고 나면 '클태기'를 겪게 된다. 클태기란 클라이밍과 권태기를 합친 말로 실력이 정체되어 슬럼프에 빠지는 때이다. 아무리 자주 암장에 와도 실력이 늘지 않을 때, 머리로는 알지만 몸이 따라주지 않을 때가 있는데 그럴 때 필요한 것이 바로 체력이다. 기술이 아닌 기본적인 체력을 다져야 하는 시기가 온 것이다.

나도 처음 클라이밍을 시작하고 한껏 빠져 지낼 때는 다른 운동이 전혀 눈에 들어오지 않았으나 시간이 지날수록 현재의 체력으로는 풀기 어려운 문제들을 맞닥뜨리게 되었다. 가령 점프를 해야 하는 상황에서 달리거나 뛰는 힘이 모자라다거나 발로 일어서야 할 때 허벅지 근력이 부족하여 일어나지 못한다거나 다리를 힘껏 찢어야 하지만 유연성이 부족하여 생각처럼 되지 않는 경우도 있었다. 그런 문제들은 평소 풀던 난이도이거나 그보다 살짝 높은 수준이었음에도 도무지 풀리지 않았다.

답답한 마음에 암장의 다른 사람들은 이러한 정체기에 부딪혔을 때 어떻게 극복해가는지 지켜본 결과 저마다의 방법으로 클태기를 극복하고 있었다. 특히 클라이밍을 오래 해온 이들일수록 자신의 신체 능력에서 부족한 부분을 파악하고 보완하려 뒤에서 많은 노력하고 있었다. 유연성이 부족하다고 느끼는 사람은 요가와 필라테스를, 근력이 부족하다고 생각하는 사람은 퍼스널 트레이닝이나 크로스핏을, 순발력이나 체력이 부족하다고 느끼는 사람은 달리기를 하는 식이었다.

나 역시 실력 정체기를 지나며 클태기가 와서 그 시기에 결국 발레 학원 레슨을 끊게 되었고 지금도 꾸준히 주 2회 정도 강습을 듣고 있다.

클라이밍을 보조하는 운동으로 발레를 선택한 것이 다소 의아스러울 수 있으나 그 배경에는 나름대로 몇 가지 합리적인 이유가 있다.

우선 내 실력의 향상을 가로막는 가장 큰 원인은 바로 뻣뻣함이었다. 전에도 유연성을 기르고자 필라테스를 배워보기도 하고 셀프로 스트레칭을 해보기도 했으나 흥미를 느끼지 못할 뿐더러 크게 도움이 되지 않았다. 그러던 중 발레는 기본적으로 무용이기에 재미있게 할 수 있을 것 같았다. 또한 음악의 흐름에 맞춰 팔다리의 동작을 외우고 구현하다 보면 클라이밍을 할 때도 생각대로 몸을 움직일 수 있을 듯했다.

두 번째 이유는 발레에 까치발을 들고 발끝으로 선 채 몸을 지탱해야 하는 동작이 많다는 점이었다. 클라이밍도 암벽 위에 붙은 홀드의 좁은 면에 엄지발가락 쪽의 힘을 빌려 까치발을 선 채로 버티는 동작이 많은데, 두 운동이 그런 점에서 비슷했다. 하여 발레를 통해 발가락과 발목의 힘을 기르면 클라이밍을 할 때도 분명 효과를 볼 수 있을 것이라는 생각이 들었다.

언뜻 보기에 클라이밍과 발레는 서로 다른 듯하지만 두 운동을 다 하고 있는 내 입장에서 보면 비슷한 점이 많다. 실제로 발레를 하면서 아주 조금씩이기는 하나 하체 근력과 유연성이 길러져 클라이밍을 할 때 은근히 도움이 되고 있다.

그 외에도 소소하지만 다른 보조 운동들도 틈틈이 하고 있다. 매달려 있을 때 버티는 힘을 더 키우기 위해 집에 문틀 철봉을 설치했고, 유산소 운동의 필요성을 느껴 차로 15분 거리에 있는 암장에 40분씩 자전거를 타고 다니기도 한다.

그동안 살아오면서 별로 운동을 좋아하지도 않았고 살기 위해 어쩔 수 없이 하는 것이라 여겼던 내가 단순히 클라이밍을 잘하고 싶다는 이유만으로, 볼더링 문제가 잘 안 풀린다는 이유로 여러 운동을 자발적으로, 꾸준히 한다는 것이 새삼 놀라울 뿐이다. 클라이밍을 통해 운동의 기쁨을 느끼고 나에게 잘 맞고 즐겁게 할 수 있는 다른 운동들을 찾을 수 있어무척 감사하다.

운동을 신경 써서 하고 나서부터는 신체 기능을 향상시키려는 욕구도 강해졌다. 엄격한 수준의 식이 제한까지는 아니지만 가급적 운동 전후로는 단백질 위주의 식단을 섭취하게되었고, 평소에 몸이 무거워지지 않도록 각별히 신경 쓰게 되었다(자신의 무게를 견뎌야 하는 운동 특성상 몸이 필요 이상으로 무거워지면 난이도에 영향을 줄 수 있어 관리를 할 수밖에 없다). 최근에는 스마트 체중계를 하나 구비하여 주기적으로 체성분을 측정하고 있다.
한 번은 표준 근육형 판정을 받기도 했었는데, 이 역시 진심
으로 하고 싶은 평생 운동을 찾은 데서 기인한 긍정적인 효과
라 생각한다.

나의 운동 방랑기
1.수영

"첫술에 배부르랴"라는 말이 있다. 무슨 일이든 다 그렇겠지만 운동도 그렇다. 내가 좋아하면서도 잘 맞는 운동을 단번에 찾아낼 수 있으면 참 좋으련만 그것이 참 쉽지 않다. 나와 잘 맞는 '인생 운동'을 찾으려면 일종의 모험이 필요하다. 그 과정에서 때로는 시행착오가 동반되기도 한다. 나 역시 그런 방황의 시간들이 있었고 숱한 시도 끝에 클라이밍에 정착하게 되었다.

　이어지는 '나의 운동 방랑기'에서는 클라이밍을 만나기 전에 짧게 거쳐왔던 운동에 얽힌 나의 경험들을 소개하고자 한다.

서른을 앞두고 처음으로 나는 운동을 하기로 결심했지만 워낙 오랜 시간 동안 운동과 담을 쌓고 지내와서인지 무엇을 시작해야 할지 알 수 없었다.

일단 처음에는 친숙한 것부터 시작해보는 것이 좋을 것 같아서 수영을 선택했다. 고등학생 시절 정규 교육과정의 일환으로 수영을 배운 적이 있어 썩 잘하지는 못했지만 종종 교내에 있는 수영장에 수영을 하러 가고는 했다.

그때 이후 거의 10년 만에 다시 수영을 배워보겠다는 마음으로 구민체육센터에 개설된 수영 강좌를 신청했다. 그리고 개강 첫날, 오랜만에 수영장 염소 냄새를 맡으며 '비록 수영을 10년 전에 배우기는 했지만 몸은 기억하고 있겠지'라며 내심 여유를 부린 나는 첫날부터 큰코다치고 말았다.

내 기대와는 달리 몸은 수영의 아주 기본적인 동작조차 기억해내지 못했다. 마치 몸 어딘가에 숨겨진 초기화 버튼이라도 눌린 것만 같았다.

언제나 물은 내게 동경의 대상이자 동시에 두려움의 대상이었다. 남들보다 기관지가 약하고 폐활량이 적어 물속에 있으면 금방 숨이 찼고, 약한 체력 탓인지 물렁한 팔을 힘껏 휘

젓고 발을 아무리 첨벙거려도 좀처럼 앞으로 나아가지 못했다. 그래서였을까. 초반에는 초급 레인에서 강습을 받으며 킥판을 잡고 발을 구르는 몸풀기 시간이 가장 좋았다. 적어도 킥판에 의지하는 순간만큼은 가라앉는 것에 대한 공포는 덜하니까. 나는 초급반에서 생전 처음 수영을 배우는 사람처럼 차근차근히 배워갔다. 다행히 어느 정도 익숙해지자 고등학교 시절에 배웠던 감각이 살아나며 금세 적응할 수 있었다.

강습을 듣기 시작한 지 3개월 정도 지날 무렵이었을까. 점점 되살아나는 과거의 기억에 힘입어 다양한 영법에 조금씩 익숙해지던 내게 강사 선생님이 웃으며 말씀하셨다.

"이제 슬슬 중급반 가도 되겠는데요?"

그 말과 동시에 선생님의 손가락이 옆 레인의 중급반 수강생들을 가리켰다. 강사의 호루라기 소리에 맞춰 숨도 쉬지 않은 채 다이빙과 자유형을 연이어 연습하는 중급반 사람들. 그들은 매번 수업 시작 전에 한 레인을 기본 열 바퀴씩 돌고 시작했는데, 잘 훈련된 선수들처럼 일사불란하게 움직이고 있었다.

그 모습을 보고 있자니 어쩐지 그들이 내뿜는 강렬함에 압도되어 나로서는 그렇게까지 수영할 자신이 없어졌다. 체력이나 흥미를 고려했을 때도 다소 무리가 있어 보였다.

하지만 초급반에는 항상 사람이 밀릴 정도로 넘쳐났고, 강사 선생님은 조금이라도 수영을 할 줄 아는 학생이 보이면 중급반으로 보내 본인이 담당하는 인원을 한 명이라도 더 줄이고 싶어 했다. 나는 깊이 고민했다. 적당히 즐기는 수준으로만 수영을 하고 싶었던 터라 중급반으로의 진급은 그다지 내게 좋은 선택이 아닌 것 같았다. 결국 수영을 정복하려던 나의 계획은 6개월 만에 안타까운 종지부를 찍고 말았다. '이만하면 됐어'라는 정신 승리와 함께 말이다.

나의 운동 방랑기
2. 필라테스

수영 다음으로 시도했던 것은 당시 인기 있는 운동 중 하나인 필라테스였다. 내가 이 운동을 시작한 이유는 단순했다. 리포머(Reformer, 필라테스 창시자가 만든 운동기구로 지지대에 연결된 스프링을 밀고 당기는 동작을 통해 신체의 전 부위를 단련할 수 있도록 해주는 기구)라는 전용 기구로 운동하는 것이 재미있어 보였기 때문이다.

이전에도 요가와 같은 매트 운동을 해본 적이 있었지만, 매트 위에서 아무것도 없이 맨몸으로 스트레칭을 하거나 근력 운동을 하는 것은 왠지 지루하고 답답하게만 느껴졌다. 뻣뻣한 내 몸만으로는 도저히 강사 선생님의 동작을 따라 표현해내기가 쉽지 않아 성취감을 느끼기도 어려웠다.

하지만 기구 필라테스는 달랐다. 특히 리포머는 모양새부터가 호기심을 자극했다. 워낙 게으른 탓에 일찌감치 침대 생활을 즐겼던 나는 이 운동 기구가 침대로부터 고안되었다는 사실이 꽤나 마음에 들었다. 누워 있기를 좋아하는 나와 딱 맞는 운동이라 느꼈고, 실제로도 누워서 하는 동작을 할 때면 운동이라는 생각이 별로 들지 않아 은근히 신나기까지 했다.

리포머에 달린 이런저런 손잡이를 잡아당기고 밀 때면 순수한 재미가 느껴졌다. 기구와 내 몸을 연결하여 특정 신체 부위를 잘 쓰고 있는지 집중하다 보면 다른 것은 눈에 들어오지 않았다.

그렇게 시작한 필라테스는 꽤 재미있어서 이후 2년 정도 꾸준히 하였으나 여기서 한 가지 짚고 넘어갈 사실이 있다. 지금껏 나는 누구에게도 필라테스를 2년가량 했다고 밝히지 않는다. 이는 필라테스를 그만둔 결정적인 이유와도 관련이 깊은데, 바로 내 몸의 한결같은 항상성 때문이다.

이사 등의 이유로 필라테스 학원을 바꿀 때마다 혹은 강사 선생님이 바뀔 때마다 다들 놀라거나 조금은 안쓰러워하는 표정으로 내게 물었다.

"어머나, 운동 처음 시작하셨어요?"

다리를 쭉 뻗은 상태에서 어떻게든 손끝이 발가락에 닿게끔 하려는 나의 애처로운 몸부림을 보며 선생님들은 진심으로 안 타까워하시며 말씀하셨다. 그럴 때면 나는 왠지 모르게 괜히 부끄러워졌다. 내 몸이 마치 형상 기억 합금이라도 되는 것 같 았다. 뻣뻣한 몸을 겨우 유연하게 만들어 놓았다 싶으면 이내 그 기대를 배신하고 본래의 뻣뻣한 모습을 되찾아갔으니까.

그렇게 2년간 밑 빠진 독에 물을 붓듯이 개인 교습을 받으 며 한 번 결제할 때마다 100만 원 이상을 지출하는 '피트니스 푸어'의 생활을 지속해도 내 막대기 같은 몸은 여전했다. 어 깨는 라운드 숄더로 둥그렇게 말려 있었고, 허리를 아무리 굽 혀도 나의 발가락 끝과 손가락 끝은 도저히 닿지 못했다.

그렇다고 해서 딱히 근육량이 늘어난 것도 아니었다. 가끔 체성분을 분석해보면 근육량은 여전히 '절대 부족'으로 나왔 다. 필라테스를 해온 시간이 길어지면 길어질수록 나는 스스 로에게 민망해졌고, 열심히 가르쳐주신 선생님을 뵐 면목도 없 었다. 결국 나는 필라테스와도 또 아쉬운 이별을 하게 되었다.

나의 운동 방랑기
3. EMS 트레이닝

수영, 필라테스와의 연이은 결별로 마음에 큰 상처를 입었지만, 그럼에도 나는 운동 자체를 포기하고 싶지는 않았다. 기왕 운동을 하기로 마음 먹은 이상, 칼을 뽑았으면 무라도 베어야 할 것 아닌가? 사실 그 당시의 심경을 엄밀히 따져 보자면 나는 이전의 실패를 인정하고 싶지 않았던 것 같다. 지난 2년간 필라테스에 엄청난 돈과 시간을 허비했다는 것이 못내 안타까워 얼른 다른 운동을 시작해서 지난 세월을 단숨에 만회하고 싶었다. 그런 조급한 마음으로 주위에 해볼 만한 운동이 없는지 살피던 중 한 전단지가 눈에 띄었다.

'EMS 트레이닝, 단 20분으로 여섯 시간의 운동 효과를 누려보세요!'

생소한 단어의 조합에 여러 번 다시 읽어봤지만 분명히 'EMS'라고 적혀 있었다. 내가 아는 EMS는 우체국의 국제 우편이 전부인데 하는 생각도 잠시, 단어의 뜻은 그리 중요치 않았다. 20분만 운동해도 여섯 시간의 효율이 난다니 잘은 모르지만 엄청난 운동법 같았고 효율성으로만 봐도 왠지 손해볼 것 없는 장사 같았다. 그리하여 나는 이 엄청나고도 놀라운 운동을 직접 경험해보기로 하였다.

무작정 찾아간 EMS 트레이닝 스튜디오는 마치 필라테스 개인 교습을 받는 공간처럼 널찍하고 깨끗했다. 가서 보니 EMS 트레이닝은 Electrical Muscle Stimulation의 약자로, 소위 말하는 쫄쫄이를 입고 그 위에 물에 적신 전용 슈트를 착용한 뒤 신체에 저주파 자극을 주며 운동을 하는 것이었다. 운동이 유산소, 무산소 트레이닝으로 구성된 퍼스널 트레이닝과 비슷했지만, 온몸을 축축하게 적신 상태에서 찌릿찌릿한 자극을 견뎌야 한다는 점은 달랐다.

마치 감전되는 것 같기도 하고 보이지 않는 손이 사정없이 몸을 두드리는 것 같기도 한 낯선 경험은 한순간에 나를 사로잡았다.

트레이너 선생님은 몸 구석구석에 저주파 자극을 주며 스쾃 동작을 하면 한 번을 해도 같은 동작 여섯 번을 반복하는 효과가 있다고 했다. 저주파가 근육에 끊임없이 자극을 주기 때문에 더 빠르게, 많이 파괴되었다가 다시 회복되도록 하는 원리라는 것이다.

정말이지 슈트를 입고 잠깐 운동했을 뿐인데 무척 힘들고 지치는 기분이 들었다. 순간, 이렇게 힘든데 운동이 되지 않을 리 없지라며 '그래 이거다!' 하는 확신이 들었다. 게으름이라는 천성 탓에 효율성이 중요한 나는 결국 홀린 듯이 또 거금을 결제하고, 다음날부터 트레이닝을 받기 시작했다.

당시 나는 근육량의 수치를 늘리는 데 집착하고 있던 터라 신속하게 근육량을 늘리려 주 2~3회 정도 EMS 스튜디오에 꾸준히 방문하며 태어나 처음으로 식단 조절이라는 것도 해보았다. 매일 달걀 여섯 개를 먹고 두부와 닭가슴살, 단백질 셰이크를 마셨다.

하지만 이 운동 역시 결국 6개월도 되지 않아 내 인생에서 떠나보내야 했다. 비록 효율성은 좋았을지 모르나 일반 운동의 여섯 배나 되는 자극이 부실한 내 몸에는 너무 큰 부담으로 다가왔던 것이다. 또한 매일 20분이면 된다던 운동 시간도 운동 전후에 옷을 갈아입는 시간까지 포함하면 실제로는 대략 한 시간 남짓이었다.

운동이 끝나고 축축한 슈트를 갈아입고 나와 편의점에서 산 삶은 달걀을 입속으로 꾸역꾸역 밀어 넣다 보면 이 모든 것이 갑자기 허무해졌다. '대체 내가 왜 이러고 있는 거지? 무엇을 위해 이렇게까지 해야 하나' 싶었던 것이다.

더욱 놀라운 것은 식단 조절까지 해가며 운동한 것이 생애 최초였음에도 근육량이 늘기는커녕 오히려 근손실이 왔다(나중에 알고 보니 이 운동은 은퇴한 운동선수들이나 연예인들처럼 체력은 유지해야 하나 운동량은 무한정 늘릴 수 없는 이들에게 유용한 방식이었다). 결국 내 몸과 맞지 않는 강도 높은 이 운동 역시 포기해야 했으나 단, 이번만큼은 아무런 미련이 없었다.

S닥터의 잔소리

클라이밍을 시작한 지 얼마 되지 않았을 무렵 우연히 스마트 체중계를 하나 얻었다. 블루투스로 스마트폰의 애플리케이션과 연동하여 체내 근육량, 체지방, 단백질, 수분, 신체 나이 등을 측정하는 기능이 있어서 없을 때도 그럭저럭 잘 지냈지만 막상 있으니 꽤 유용했다.

주기적으로 꾸준히 운동을 하고 있으니 조금은 근육이 생기지 않았을까 하고 내심 기대하며 아침마다 체중계 위로 오르는 것이 어느새 자연스러운 루틴이 되었다. 블루투스를 켠 상태에서 측정 버튼을 누른 뒤 체중계 위에 잠시 서 있으면 얼마 뒤 스마트폰 화면에 측정이 완료되었다는 메시지가 뜨며 그날 내 몸 상태에 대한 측정 보고서가 올라왔다.

이 애플리케이션의 화자인 S닥터는 좋은 몸에 대한 기준치가 무척 높은 캐릭터라 그래프가 꽤 좋은 수치를 보이고 있음에도 웬만해서는 쉽게 칭찬해주지 않았다.

"최근 체중이 줄었으나 체지방은 증가하였습니다. 요 며칠간 잘 먹기만 하고 운동은 안 하셨나요?"

"요즘 별다른 운동을 하지 않고 살짝 게을러졌나요? 표준형의 경우 약간의 체중 증가가 큰 문제는 아니지만 좋지 않은 생활 습관이 길러지면 엄청난 의지와 노력이 있어야 바꿀 수 있다는 점을 기억하세요!"

"현재 체중이 표준 구간에 있습니다. 체지방도 정상 범위라 표준 체형에 속합니다. 단, 건강하고 아름다운 몸매와는 다소 거리가 있습니다. 더 멋진 핏을 갖고 싶다면 운동량을 늘려야 합니다."

키 160센티미터에 몸무게 53킬로그램, 체지방률 20퍼센트. 이 정도면 나는 그럭저럭 만족하는데도 S닥터는 계속해서 나를 채찍질했다. 멋진 핏을 가지려면 근육량을 유지하면서도 체중은 49킬로그램이어야 한다는 구체적인 목표를 제시하며 끊임없이 나를 닦달했다. 뭐 가상의 존재에게 잔소리를 듣는 것은 그렇다 치더라도 목표 기준이 너무 가혹해 기가 막힐 지경이었다.

잔소리는 거기서 그치지 않았다. 가끔가다 몸무게를 재는 주기가 조금이라도 늦어지면 기다렸다는 듯이 나를 압박해왔다.

"오랫동안 자기 관리에 소홀하셨군요. 표준형과 멀어질 것 같은데요?"

국산 제품이 아닌지라 가끔씩 어색한 변역투의 문장을 내놓는 이 기기의 화자가 건방지다고 생각하면서도 한편으로는 그냥 흘려듣지 못했다. 주 2~3회 클라이밍을 해도 근육량은 눈에 띄게 늘지 않아 매일 아침 스마트 체중계로 확인하고 있었다. 여기서 말하자면 근육량을 늘리고 싶었던 것은 사실이지만 그것이 S닥터의 말처럼 '예쁜 핏'을 갖기 위해서는 아니었다. 그저 클라이밍을 더 잘하기 위해서, 내 몸이 이런저런 기능을 하는 데 보다 도움이 되는 근육을 갖고 싶었다.

고민 끝에 회사를 다니며 주 2~3회 이상으로 운동을 늘리기는 어려우니 운동 전후의 음식 섭취만이라도 바꾸기로 했다. 전처럼 스트레스를 받아가며 엄격한 식이 제한을 두고 싶지는 않아 운동하는 날만이라도 단백질이 많이 함유된 음식을 챙겨 먹다 보니 생각보다 꾸준히 할 만했다. 그날그날 먹을 수 있는 선택지 중에서 단백질 함량이 가장 높은 음식을 선택하고 그것이 내 몸에 들어와 근육이 되는 모습을 상상하며 맛있게 먹었다. 부디 근육량이 조금이라도 늘기를 바라며.

좀처럼 만족을 모르는 S닥터의 잔소리가 듣기 힘든 것은 사실이었으나 덕분에 식단 조절까지 하게 되어 그나마 근육량을 더 늘릴 수 있었다. 비현실적인 기준을 제시하며 때로는 나를 압박해왔지만 왠지 모르게 깐깐한 코치가 생긴 기분이었다.

늘 혼자 운동하고, 혼자 식사를 챙기다 보면 자칫 소홀해질 수 있는데 이렇게 세세히 챙겨주는 존재가 있어 위안이 되었다. 아마 미래에 인공지능이 탑재된 로봇 트레이너가 나타날 때까지, 당분간 나의 퍼스널 트레이너는 S닥터로 고정일 것이다(딱 한 번, 몸의 컨디션이 평소보다 유독 좋았던 날 S닥터에게 "표준 근육형의 몸을 획득하셨습니다"라고 칭찬을 받은 적이 있었지만 그날뿐이었고 S닥터의 잔소리는 당분간 계속될 것이다).

클라이머는 빨간 구두를 신는다

별다른 일이 없으면 주중에 1~2회, 주말 하루는 암장에 가는 일정을 꾸준히 소화하고 있기는 하지만 아무리 좋아하는 운동이라 해도 가는 길이 매번 즐거울 수만은 없다. 더군다나 나는 따로 강습을 신청하지 않아 출석에 딱히 강제성도 부여되지 않는다. 그러다 보니 가끔은 그냥 땡땡이를 치고 싶기도 하다.

특히 회사에서 힘든 일이 있어 퇴근 후에도 머리가 지끈거릴 때면 암장에 들르지 않고 곧장 집으로 향하고 싶어진다. 그러면서 어쩐지 배가 아픈 것 같다거나 어젯밤에 늦게 자서 피곤하다거나 더는 내 수준에서 풀 수 있는 문제가 없다는 둥 스스로에게 갖은 핑계를 대며 운동에 가지 않을 구실을 찾고는 한다.

자신에게 한없이 관대하며 게으르기까지 한 내게는 하루가 멀다 하고 찾아오는 이런 유혹을 견뎌내기가 쉽지 않다. 막상 암장 문턱만 넘어서면 신이 나서 즐겁게 운동할 것을 알면서도 첫발을 내딛는 것은 천근만근 무겁게만 느껴진다.

그런 일들은 일상에 클라이밍 외에도 꽤 있었다. 공부나 독서, 글을 쓰는 것도 마찬가지였다. 책의 첫 장을 펴고 손에 펜만 쥐면 어떻게든 해나갈 것이면서도 유독 책을 펼치기가 힘들었고 나 자신도 그런 내 마음을 이해할 수 없었다. 그런 나에게 왠지 특단의 조치가 필요한 듯했고 마침 동화 『빨간 구두』가 떠올랐다.

빨간 구두를 신은 발에 이끌려 멈추지 못하고 계속해서 춤을 춰야 했던 그 소녀를 떠올리며 나에게도 그 빨간 구두가 필요하다고 생각했다. 나의 의지로 암장에 가는 것이 아니라 발걸음에 이끌려 가는 것이라고 생각을 전환해보기로 했다. 비록 지금은 손가락 하나 까딱하기 싫은 무기력한 상태이지만 어떻게든 가기만 하면 나머지는 몸이 알아서 반응하지 않을까 싶었다.

결과적으로 그런 나의 예상은 대부분 맞아 들었다. 어떻게든 암장 입구까지 가기만 하면 그전까지 망설였던 마음은 눈 녹듯이 사라졌다. 막상 눈앞에 암장 특유의 공기, 사람들, 익숙한 벽과 홀드들이 펼쳐지면 머리로 생각하기 전에 몸이 먼저 반응하여 저절로 탈의실로 향했다. 여기까지 오는 동안 내내 필사적으로 궁리하던 핑계들이 순식간에 명분을 잃고 조용해졌다.

오늘은 정말 운동가기 싫다, 못 하겠다며 울상을 짓고 기어가듯 암장 입구로 들어간 날에도 운동을 끝내고 나올 때면 언제나 '오늘 암장 오기를 참 잘했어'라는 생각이 들었다. 온갖 핑계와 유혹을 이겨낸 내가 기특하고 자랑스러웠다.

어쩌면 어른이 된다는 것은 하고 싶지 않은 일을 하지 않아도 될 자유를 얻는 것일지도 모르겠다. 확실히 이전보다 선택의 자유가 늘어난 것은 사실일 테니. 그럼에도 자신의 삶을 위해서는 하기 싫은 일이어도 꼭 해야 하는 일을 적게나마 실천하는 편이 더 유익한 듯하다. 가령 일과를 끝내고 미래를 위한 재테크 공부를 한다든지, 귀찮아도 직접 요리를 해서 먹는다든지, 아무리 피곤하더라도 꾸준히 운동을 한다든지 하는 소소한 강제성을 부여해 움직이다 보면 삶의 건강한 기초 체력이 되어줄 것이다.

운동을 예로 들면, 시작하는 것보다 꾸준히 하는 것이 훨씬 중요함에도 웬만한 의지로는 지키기가 힘들다. 꾸준히 하려면 시작하는 힘을 먼저 길러야 한다. 계획해도 작심삼일에 그친다면 3일에 한 번씩 새로 계획을 연장하면 된다는 생각으로 다가가면 된다. 귀찮고 힘들더라도 말이다.

하면 정말 좋지만 귀찮아서 혹은 게을러서 꺼려지는 일이라면 빨간 구두를 신는 마음으로 일단 한번 시작해보는 것은 어떨까. 하기 싫다는 생각을 할 시간에 습관적으로 발걸음을 옮기고 시동을 걸다 보면 결국 어떻게든 가게 되지 않을까. 그것이 운동이든, 공부든, 인생이든 말이다.

클태기가 오면

클라이밍을 시작했다면 누구나 한 번쯤 겪게 되는 암흑기가 있다. 바로 클태기다. 주로 실력 정체 구간에서 많이들 겪는데 세부 요인은 사람마다 다르다.

클라이밍을 하다 보면 자기도 모르게 '내가 중독되었나' 싶은 순간이 있고, 특히 완등했을 때의 짜릿함이나 성취감을 맛보면 헤어 나오기가 쉽지 않다.

문제는 어느 특정 시점이 되면 완등만으로는 그런 짜릿함이나 성취감을 느끼지 못할 때가 있고, 바로 그때 클라이밍에 대한 마음이 시들해진 틈을 타 클태기가 찾아온다.

특히 클라이밍을 시작한 지 얼마 안 된 사람이나 나와 비슷한 수준의 사람이 실력이 부쩍 늘어 내가 정체되어 있는 구간을 훌쩍 뛰어넘거나 그보다 높은 수준의 문제를 쉽게 푸는 것을 보고 나면 사람인지라 좌절감이 들 때도 있었다.

확실한 것은 클태기에는 별다른 약이 없다는 사실이다. 클태기에 빠진 클라이머들 대부분이 어느 정도 방황을 하다 다시 암장으로 돌아오지만, 그들 중 일부는 클태기를 극복하지 못하고 모습을 감추기도 한다.

이 운동을 몇 년간 해오면서 나 역시 여러 번의 클태기를 겪었다. 주로 실력의 정체로 인해 암장에 가도 더는 풀 문제가 없거나 완등을 해도 전처럼 뿌듯하고 기쁜 마음이 들지 않을 때 그랬다. 평소 같으면 암장에 한 번 갔을 때 적어도 기본 두세 시간은 머무르다 왔을 텐데 클태기가 오니 한 시간을 꽉 채워 운동하는 것조차 버거웠다.

그럴 때 나는 무조건 버티고 견디기보다는 클태기를 대처하는 몇 가지 방법들을 구상해서 적용했다. 가장 유용했던 방법은 암장 원정을 다니는 것이었다. 지금 내가 느끼는 지루함이 운동에 대한 것인지 아니면 이 공간에 너무 익숙해져 권태로움을 느끼는 것인지 알아보기 위해 일부러 멀리 떨어진 암장에 가서 운동을 했다.

그렇게 한 번씩 전혀 새로운 곳에서 처음 보는 홀드를 만지고 문제들을 풀다 보면 잠깐이나마 처음 클라이밍을 시작했을 때의 낯선 기분과 신선함이 느껴졌다. 그러다가 기존에 다니던 암장보다 더 잘 맞는 곳이 있으면 메인 암장을 잠깐 옮겨보기도 했다. 그렇게 재미있어 보이거나 풀고 싶은 문제가 많은 암장을 찾아 꾸준히 다니다 보면 어느새 클라이밍을 향한 애정도 슬그머니 돌아와 있었다.

하지만 이 방법이 매번 통하지는 않았다. 다른 암장에 방문하고 보니 난이도 차이가 너무 커서 오히려 전에 다니던 곳이 그리워지는 경우도 있었다. 그럴 때는 암장에 발길을 딱 끊고 아예 다른 활동을 했다.

그때는 주로 암장에 다니느라 평소 하지 못했던 취미 생활을 원 없이 했다. 독서 모임에 나가거나 카페에 가서 책을 읽고 글을 쓰며 빈둥거리거나 영화를 보는 등. 그렇게 한창 클라이밍을 잊고 지내다 보면 어느 날은 몸이 찌뿌둥하면서 자연스레 '아, 이제 운동 좀 하고 싶다'라는 생각이 드는 때가

왔다. 스스로 다시 암장에 가고 싶은 마음이 들 때까지 평소 좋아하는 것들로 관심을 돌려 자신에게 시간을 주는 것이다.

예전에 찍어뒀던 영상을 다시 보다 보면 '대체 무슨 부귀영화를 누리겠다고 그토록 죽기 살기로 아등바등 매달렸나' 싶다가도 금세 몰입하여 그때의 감정을 다시 되살려보기도 했다.

이 운동을 하는 지난 몇 년 동안 클태기는 나에게 꽤나 주기적으로 찾아왔고 다 지나고 나서 보니 그 과정은 삶의 균형을 맞추는 과정에 가까웠던 것 같다. 암장과 가까워지기도 하고 때로는 멀어질 때도 있었지만 완전히 그 끈을 놓지는 못했다. '조금만 해보면 더 잘할 수 있을 것 같은데' 하는 마음이 매번 나를 다시 암장으로 이끌었다.

그러니 진정으로 클라이밍을 사랑한다면 급작스레 찾아온 클태기를 너무 걱정할 필요는 없을 것 같다. 결국 다시 암장으로 돌아가게 되어 있을 테니까. 어쩔 수 없이 겪게 되었다고 해도 '이 또한 지나가리라' 하는 마음으로 그 시기를 즐기도록 하자. 2년이든 3년이든, 한 번 클라이밍에 빠졌던 사람이라면 언젠가는 반드시 돌아오게 되어 있으니까!

친구를 사귀기에 늦은 나이는 없다

태어나 고등학교를 졸업할 때까지 나는 쭉 안산에 살다 대학에 합격하여 처음 서울로 올라왔다. 자취방과 함께 자리 잡은 동네에서 취업할 때까지 꼬박 10년을 살다 서른이 되던 해에 생활 반경에서 멀리 떨어진 회사로 이직을 하게 되었다.

정든 동네를 떠나기 싫어 어떻게든 버텨보려 했지만, 편도 두 시간 반이나 걸리는 출퇴근 지옥에는 당해낼 재간이 없었다. 정든 동네를 훌쩍 떠나려니 아쉬운 마음도 컸지만 어쩔 수 없었다. 앞으로 내 삶의 질을 고려하면 분명 더 나은 선택일 테니.

확실히 회사 근처로 이사를 하고 나니 출퇴근의 고충은 쉽게 해결되었다. 퇴근하고 집에 오면 6시 30분밖에 되지 않았으니까. 문제는 시간은 많은데 이 낯선 동네에서 할 수 있는 일이 별로 없다는 것이었다.

그래도 서울에 살았을 때는 이런저런 모임이나 행사에 종종 나가고는 했으나 이사 오고 나서는 낯설어서인지 집 밖을 잘 나가지 않게 되었다. 가끔씩 퇴근하고 회사 사람들과 어울리기도 했으나 대부분 셔틀버스를 타고 통근을 해 행선지가 제각각인지라 그런 기회가 자주 있지는 않았다. 가끔 가다 한 번씩 서울에 있는 친구를 만나러 가기는 했지만 보다 근본적인 대책이 필요했다.

거의 1년에 한 번씩 이사를 하며 지냈던 어린 시절을 떠올려봤다. 매번 다른 동네로 전학을 갈 때마다 새로운 친구를 사귀었을 텐데 그때의 내 모습이 어땠는지 도무지 기억나지 않았다. 마치 어른이 되면서 새롭게 친구를 사귀는 기술이 다 포맷이라도 된 듯했다.

퇴근 후 집이 아닌 어딘가에 갈 곳이 있었으면 좋겠다고 하루하루 생각만 하던 어느 날, 동네 가까운 곳에 위치한 암장이 눈에 들어왔다. 이사 오기 전에 동네에서 잠깐 클라이밍을 배우다 중단한 상태여서 왠지 다시 해봐도 괜찮을 것 같았다.

그렇게 등록하게 된 암장에는 다양한 사람들이 있었다. 사십, 오십 대부터 중학생, 초등학생에 이르기까지 다양한 연령대의 사람들이 한 공간에서 운동을 하고 있었고 대부분 이 동네나 근처에 사는 주민들이었다. 처음에는 낯선 이들 틈에 혼자서 조용히 운동을 하는 것이 어색했지만, 새로 시작한다는 마음으로 초급반 수업을 신청하고 주 2~3회 꼬박꼬박 암장에 방문했다.

클라이밍은 무조건 함께해야 하는 단체 운동은 아니지만 과정 중에 자연스럽게 다른 사람과 어울리게 되는 상황이 잦았다. 같이 수업을 들은 학생들끼리 수업이 끝난 뒤 자율 운동을 할 때 서로의 동작을 봐주기도 하고, 같은 문제를 여럿이서 풀며 서로를 격려하고 응원했다. 주 2회씩 같이 수업을 들으며 간단한 볼더링 대회나 음료수 내기를 하기도 하고 매달 강습이 끝날 즈음이면 다 같이 모여 동네에서 술 한잔하기도 했다.

"집중! 집중!"

"거의 다 왔다. 조금만 더!"

"오른쪽에 발(홀드) 있어요!"

벽에 매달려 있는 이를 한목소리로 응원하면서 조금씩 안면을 트고 이야기를 나누다 보니 낯익은 얼굴과 반가운 사람들이 늘어갔다. 금세 동네 친구 여러 명을 사귀게 된 것이다. 처음 이사 왔을 때의 무료함은 잊혀가고 암장에 있는 시간이 점점 늘어났다. 암장이 일종의 아지트가 되었고, 아무리 몸이 힘들어도 그곳을 찾으면 기운이 났다.

바깥에서 사람을 사귈 때보다 암장에서 새로운 사람을 사귀는 것이 훨씬 쉽게 느껴진 것은 아마 암장이라는 공간의 특수성 때문인 듯했다. 밖에서는 나이, 성별 등 그 사람을 이루는 다양한 요인이 친목에 고려된다면 암장에서는 그런 제약이 사라졌다. 나보다 한참 어린 중학생이나 고등학생과도 어울려 운동을 하고 친구처럼 허물없이 지낼 수 있었다. 나이나 직업, 경험, 성별 등은 우리가 친분을 맺는 데 어떤 영향도 주지 못했다.

이 공간에서 우리를 하나로 묶어주는 것은 오직 '클라이밍' 이라는 공통의 취미 하나뿐이었다. 암장에서는 공통의 목표를 가지고 함께 문제를 고민하며 안 풀리는 문제가 있으면 서로 머리를 맞댔다. 혼자라면 풀기 어려웠을 문제를 함께 풀어가며 완등 시에는 서로가 기꺼이 그 순간을 목격한 증인이 되어준다. 암장에 새 벽이 세팅되는 날이면 모여서 왁자지껄하게 문제를 풀고는 했는데, 그러고 있으니 마치 어릴 때 학습 문제집을 다 같이 돌려가며 푸는 듯한 기분이 들었다.

나는 암장의 그런 분위기가 참 좋았다. 암장에서만큼은 함께 마음껏 떠들고, 나이를 잊은 채 순수하게 놀 수 있어서 좋았다. 어느 날은 운동을 마치고 다 같이 술을 마시거나 카페를 빌려 군대 가는 친구의 송별회를 해주기도 했다. 같이 펜션을 빌려 놀러가기도 하고 원정 멤버를 모아 다른 암장으로 원정을 떠나기도 했다. 그러면서 동네 친구들이 하나둘 늘었고 어느새 이 동네에 완벽히 적응하게 되었다.

어느 순간부터는 어른이 된 이후에도 순수하게 우정을 나눌 수 있는 친구를 사귈 수 있으리라고는 생각도, 기대도 하지 않았다. 그랬던 내가, 30대에 낯선 동네에 와서 좋은 친구들을 넘치게 사귀었다. 늦었다거나 이제는 어렵지 않을까라며 생각만 앞세우던 내게 암장 친구들은 친구를 사귀기에 늦은 나이는 없다는 큰 깨달음을 주었다.

　오직 같은 것을 좋아한다는 이유 하나만으로 모든 것을 초월한 암장 친구들과의 관계를 나는 앞으로도 소중하게 가꿔나가고자 한다.

암장의 위로

영화 〈겨울왕국〉에서 크리스토프를 키워준 트롤이라는 존재
가 나온다. 그들은 바위의 요정으로, 겉모습은 딱딱한 돌맹이
지만 인간과 교감할 수 있는 따뜻한 마음을 가진 존재이다.
크리스토프와 안나는 힘들 때 트롤들로부터 위로를 받기도
하고, 그것을 위안 삼아 다시 중요한 모험을 떠나게 되는데,
영화 속 그 장면을 보고 있으니 문득 내가 다니는 암장의 홀
드들이 떠올랐다.

홀드들의 모양은 제각각 다르게 생겼다. 어떤 홀드는 초승
달처럼 생겼고, 손가락 모양, 스마일 모양 심지어는 문어 대가

리처럼 동그란 것도, 도넛처럼 생긴 것도 있다. 자세히 들여다보고 있으면 홀드마다 익살스러운 표정이 느껴지기도 해 마치 말을 거는 것 같다. "잡기 어렵게 생겼지?"라든가 "일부러 여기 있는 거야. 한 칸만 옆으로 옮기면 난이도가 너무 쉬워지잖아"라고 위치에 따라 이런저런 메시지를 보내는 것 같았다.

주말 오전 암장이 문을 연 지 얼마 되지 않은 이른 시각이나 평일 저녁 무렵 문을 닫기 직전의 조용한 순간, 사방을 둘러싼 벽에 빼곡히 박혀 있는 알록달록한 홀드들에 둘러싸여 있다 보면 왠지 모르게 마음이 편안해진다.

가끔씩 세팅이 바뀌기는 하지만 홀드들은 대체로 변함없이 이곳에 있고, 거기에는 다양한 문제들이 섞여 있다. 내가 전주에 풀었던 문제, 어제 풀려고 시도했으나 풀지 못했던 문제, 인스타그램에서 완등 영상을 찾아 봤던 문제 등. 밖에서 속상한 일이 있었거나 이런저런 생각들로 속이 시끄러울 때 조용히 벽과 마주한 채 낯익은 문제들을 가만히 보고 있으면 그것만으로도 왠지 모르게 마음이 차분해진다.

최근 들어 운동을 통해 삶의 보람을 찾고 인생에 변화를 경험한 이들의 이야기가 곳곳에서 전해진다. 그런 이들에 비하면 나의 이야기는 다소 평범하고 소소하게 느껴진다. 꾸준히 클라이밍을 하고 있고, 운동을 하면서는 여전히 행복하지만 그렇다고 내 인생이 드라마틱하게 바뀌거나 모든 문제가 시원하게 해결되지는 않았다.

'나는 대체 왜 이렇게 살고 있지?', '왜 나는 항상 이렇게 우울하지?' 하는 고민들이 클라이밍을 한다고 해서 당장 마법처럼 사라지지는 않는다. 모든 문제가 그렇게 해결된다면 모든 세상 사람들이 벽에 붙어서 일단 매달리고 볼 것이다.

클라이밍을 하기 때문에 더는 내 인생의 불행이 나의 삶을 잠식할 수 없다고 단언하지는 못한다. 클라이밍을 한다고 해서 내가 갑자기 슈퍼 히어로처럼 '용감하고 행복한 나'로 변신하는 것도 아니다. 나의 일상은 대체로 고요하며 우울은 여전하다. 클라이밍을 하든 하지 않든, 나는 그저 해결할 수 없는 문제와 끊임없이 몰려오는 어지러운 생각과 매일같이 씨름하며 하루하루를 힘겹게 살아내는 평범한 직장인일 뿐이다.

하지만 클라이밍을 할 때만큼은 그러한 우울의 고리를 잠시나마 끊어버릴 수 있다. 삶이 지루하고 고되다 못해 때로는 지옥같이 느껴질 때, 클라이밍을 통해 짧은 모험을 하며 그

지난한 순간이 계속되지 않도록 잠시나마 브레이크를 걸어주는 것이다. 딱딱하게 굳은 몸뿐만 아니라 마음을 풀어주는 데도 역시 운동만 한 것이 없는 듯하다.

그렇지만 모두가 꼭 운동을 해야 하느냐고 묻는다면 꼭 그렇지만은 않은 것 같다. 나에겐 클라이밍이었던 그 위로가, 누군가에게는 여행 혹은 악기 연주일 수도 있을 것이다. 나만의 세계를 구축할 수 있는 일이라면, 그리하여 언제든 일상에서 작은 모험을 떠날 수 있도록 하는 일이라면 무엇이든 가능하지 않을까.

허구한 날 떨어지고, 다치고, 실력이 맨날 제자리걸음이어도 괜찮다. 이것은 일이 아니니까. 선수가 될 것도 아니니 무리해서 잘할 필요도 없다. 즐거운 마음으로 하루하루 버틸 수 있는 에너지를 충전할 정도면 된다.

이 글을 읽는 당신 또한 생각만으로도 즐거워지는 무언가를 찾았으면 좋겠다. 그것을 통해 느슨하지만 더없이 충만해지는 순간을 꼭 발견했으면 좋겠다. 머지않은 때에, 가까이에서 그것을 꼭 찾게 되기를.

유튜버가 되다
클라이밍 존버로그의 탄생

"너 클라이밍 문제 푸는 거 유튜브 라이브하면 재밌겠다."
여느 날처럼 친구들에게 내가 찍은 클라이밍 영상을 보내주었는데
다소 뜻밖의 말을 듣게 되었다. 그러면서 스포츠 생중계 같은 느낌
으로 유튜브 라이브 방송을 하면 현장감도 강화되고 좀 더 많은 사
람들이 영상을 볼 수 있어 하는 사람이나 보는 입장에서도 신선하
고 재미있을 것 같다고 덧붙여주었다.

듣고 보니 꽤 솔깃했다. 늘 친구들과 함께 운동을 할 수 있다면 좋
겠지만 현실적으로는 쉽지 않아 혼자 운동할 때가 종종 있어서, 그
럴 때 실시간으로 스트리밍을 할 수 있다면 왠지 친구들과 함께 운
동하는 느낌도 들 것 같았다.

친구 말처럼 바로 라이브 스트리밍을 하기는 어렵겠지만, 일단
시작은 해보자 싶어 '슬라임 : 클라이밍 다이어리'라는 유튜브 채널
을 개설하고 첫 완등 영상을 올렸다.

초반에는 영상을 올릴 때 별다른 편집을 하지 않았으나 점점 아
쉬운 점이 눈에 보였다. 특히 편집 없이 완등 영상만 올리다 보니
그 자체만으로는 내가 그 문제를 풀기 위해 얼마나 노력했는지, 어
떤 실패와 시행착오 끝에 얻은 결과물인지 그 과정이 잘 드러나지
않았다. 내게는 보는 것만으로도 벅차고 뿌듯한 영상이지만 다른
사람들 눈에는 그저 쉽게 오른 결과물처럼 보일 수 있다고 생각하

니 왠지 아쉽고 조금은 억울한 기분마저 드는 듯했다.

그 뒤로는 영상에 조금씩 편집을 가미했다. 하나의 완등 영상을 건지려면 이전에 수많은 실패 영상을 찍어야 했기에 그 과정을 담을 소스는 충분했다. 당장은 어렵지만 조금 더 노력하면 실마리를 잡을 수 있을 것 같은 문제 앞에서는 삼각대를 설치하고 종일 영상을 찍었다. 실패한 영상들도 유튜브의 콘텐츠가 되므로 지우지 않고 보존하며 때로는 며칠이고 같은 자리에서 같은 문제를 풀며 촬영을 했다. 현장에서는 실패 영상을 돌려보며 원인을 분석했고, 숱한 실패 끝에 마침내 완등 영상을 찍고 나면 밀린 숙제를 끝낸 듯 개운했다.

완등 영상을 찍고 나면 집에 돌아와 스마트폰의 영상 편집 앱을 이용하여 편집을 시작했다. 중간중간 실패하는 장면들을 반복하여 삽입하고, 슬로모션을 걸거나 확대 기능을 활용하여 실패한 부분을 반복해서 보여주었다. 영화 〈스파이더맨 : 뉴 유니버스〉처럼 나만의 히어로물을 만들고 싶었다. 추락과 실패, 도전 끝에 마침내 성공하는 스토리를 영상에 담아 채널을 가득 채우고 싶었다.

누군가 우연히 영상을 보게 된다면 3분도 되지 않는 짧은 시간이지만, 보는 이로 하여금 나의 도전에 몰입하여 성공을 응원하게끔 하는 서사를 담으려 했다. 그리하여 마침내 채널에 '클라이밍 존버 로그'라는 타이틀까지 붙이게 되었다(존버로그란 '존버'와 '브이로그'를 합쳐 줄인 말로 흔히 존버는 다양한 뜻으로 쓰이는 속어이지만 암장에서는 같은 문제를 풀릴 때까지 여러 번 시도하는 것을 의미한다).

유튜브 채널을 만들고 주 1회 업로드하는 미션을 스스로에게 주자 운동에 임하는 내 태도에도 다소 변화가 생겼다. 그전에는 어려운 수준의 문제들을 보면 한두 번 대충 매달려보고 쉽게 풀리지 않으면 '이것은 내 문제가 아닌가 보다' 하고 포기했으나 지금은 '앗, 이거 잘 안되네. 유튜브감이잖아?'라는 생각이 들며 가슴이 두근거린다. 문제를 대하는 태도가 능동적이고 도전적으로 바뀐 것이다.

트레이더 김동조 씨의 『모두 같은 달을 보지만 서로 다른 꿈을 꾼다』라는 책에는 이런 구절이 나온다.

"우리가 목표로 둬야 할 건 최선을 다했지만 아슬아슬하게 이기는 경기다. 최선을 다했지만 아슬아슬하게 지는 경기를 받아들일 수 있는 사람만이 그런 아름다운 경기를 할 수 있다. 그런 경기를 계속하다 보면 우리 자신에 대해 점점 깨닫게 된다."

클라이밍도 마찬가지다. 압도적으로 쉽게 풀리는 문제는 내 실력으로 보기 어려우며 승리의 경험으로도 칠 수 없다. 자신의 성장을 가늠할 수 있는 것은 현재의 실력보다 약간은 높은 문제를 '존버'하여 풀어냈을 때이다. 지금은 쉽게 풀어내는 것이 불가능하지만 계속해서 시도한 결과 어쩌다 아슬아슬하게라도 문제 해결의 실마리를 잡아내고, 그렇게 끊임없이 도전해갈 때 자신의 실력도 성장하게 된다.

그런 이유에서 나는 구독자가 적어도, 조회수가 나오지 않아도 꾸준히 나의 유튜브 채널을 운영해갈 것이다. 하루하루 소소한 승리 속에서 조금씩 성장하는 내 모습을 기록해 나가고자 한다.

암장 사람들

암장에서 만난 사람들의 이모저모

클라이밍 실력과 바지 길이의 상관관계

흔히들 클라이밍은 가성비가 좋은 운동이라고 말한다. 보통 1~3개월 단위로 정액제를 끊는 것 외에 초반에 암벽화 하나만 사두면 이후로 크게 돈 쓸 일이 없다고 생각하는 것이다. 하지만 과연 그럴까. 암장에 들어서자마자 눈에 들어오는 화려한 의상들을 보고도 그렇게 말할 수 있을까.

실내 클라이밍 의류라고 하면 주로 원색의 움직이기 편한 면바지에 로고나 그래픽 요소가 등 쪽에 포인트로 프린팅되어 있는 티셔츠가 많다(일상생활에서 입고 다니기에는 다소 화려한 원색의 조합이 다수). 재미있는 것은 입은 옷만 보고도 그 사람의 클라이밍 실력을 어느 정도 가늠해볼 수 있다는 점이다.

수영장에서 수영복의 색상이 화려할수록 고수라는 말이 있듯이 암장도 마찬가지다. 화려한 색상, 노출이 많은 옷을 입은 이들이 초보일 확률은 현저히 낮은데 특히 반바지를 입고 있는 사람이라면 고수일 확률이 높다.

그렇게 추측하는 이유는 이 운동이 맨살을 마냥 드러내놓고 하기에는 다소 어려움이 있기 때문이다. 벽에 붙어 있다 보면 자기도 모르는 사이에 여기저기 긁히고 까져 있어 나중에는 팔꿈치든 무륜이든 어디 하나 성한 곳을 찾기 힘들다. 소소한 부상을 막기 위해서라도 대부분은 긴바지나 레깅스를 착용하기 마련인데, 이런 거친 환경 속에서 반바지를 입었다는 것은 맨살을 드러내놓고 등반을 하더라도 피부에 상처를 내지 않을 수 있다는 일종의 자신감의 표현으로 볼 수 있다(요새 들어 암장에 신규 회원들이 늘어났는데, 날씨의 영향이 아니더라도 반바지의 비율이 눈에 띄게 늘어 놀랐다. 확실히 이전과는 달리 실력과 상관없이 초보자들도 반바지를 입는 추세인 듯하다).

암장의 멘토

암벽에 매달려 이러지도 저러지도 못하는 이들에게 길을 알려주고 방법도 몸소 보여주시는 그야말로 선생님 같은 분들이다. 일주일 중 언제 가더라도 마주칠 확률이 아주 높고 모르는 문제가 있으면 종종 도움을 요청할 수 있다. 대체로 마당발이라 또래로 보이거나 실력이 비슷해 보이는 사람들을 같이 운동하라고 서로 소개해주기도 한다.

입더링

'입으로 하는 볼더링'의 줄임말로, 정작 자신은 적극적으로 벽에 오르지 않으면서 다른 사람들의 등반에 말로 도움을 주는 사람을 일컨다. 코치님처럼 근엄하게 팔짱을 끼고서 "이렇게 해봐, 저렇게 해봐!"라고 열정적으로 지도하는가 하면 때로는 격한 응원을 보내 주기도 한다.

SNS 스타

완등에 성공했지만 SNS에 올리기 위해 찍고 또 찍는 이들이 있다. 주로 한 번에 올릴 수 있는 영상 길이(60초)를 초과해서 그러는 것인데, 아주 어려운 문제를 풀어놓고도 재등(이미 완등한 문제를 다시 완등하고자 도전하는 것을 말한다. 흔히 재등하지 않은 문제는 진정으로 완등한 문제가 아니라고 이야기하기도 한다) 영상을 찍는 이들을 보면 새삼 대단해 보인다.

바람과 함께 사라지다

이 유형이 가장 많은데, 처음 암장에 회원권을 등록하고 나서 바짝 열심히 나오는 듯싶더니 어느 순간 유령처럼 사라져 보이지 않는 사람들이 여기에 속한다. 초반에는 거의 매일 나와 암장을 점령할 듯 보였는데…. 저마다 이유는 다르겠으나 갑자기 나오지 못하는 사정은 무엇이었을까. 부상일까, 변심일까(나 역시 언젠가 저렇게 소리 없이 암장에서 모습을 감추는 날이 오게 될까).

EPILOGUE

거북이 클라이머여도 괜찮아

출판사로부터 처음 출간 제안 연락을 받고는 적잖이 놀랐다. 1년 전에 브런치에 툭 던지듯이 올려두었던 클라이밍 소재의 글이 계기가 된 것인데, 누군가 한 편의 글을 보고 책으로 확장될 수 있겠다는 가능성을 발견해주었다는 사실에 감사하면서도 막상 글을 쓰려니 조심스러웠다. 한 편의 글에 다 담지 못한 클라이밍에 대한 이런저런 이야기들을 꺼내놓을 수 있는 기회가 생겨 기쁘기도 했지만 과연 내가 잘 풀어낼 수 있을지 걱정이 앞섰다.

나는 화려한 퍼포먼스와 완등 영상으로 주목받는 클라이

머도 아니고, 다이내믹한 에피소드도 없다. 그저 취미로 이곳 저곳 다니며 소소하게 클라이밍을 하고 있지만, 몇 년째 거북이처럼 느린 성장세를 보이는 실력인지라 크고 작은 볼더링 대회조차 나가본 경험이 없다. 어쩌다 유튜브 채널을 만들어 운영하고는 있지만 구독자는 100명도 채 되지 않는다.

지금까지 나에게 클라이밍은 철저히 자기만족에 그쳤을 뿐 누군가를 크게 사로잡거나 끌어당기지는 못했다. 그런 내가 클라이밍에 대해 글을 써도 되는지, 이런 거북이 클라이머의 이야기를 궁금해하고 재미있게 읽어줄 사람이 있을지 원고를 쓰는 내내 끊임없이 자문해보았지만 그 답은 아직 찾지 못했다.

사실 원고를 쓰던 중 건강상의 문제로 수술을 받게 되어 작업 후반부에 들어서는 암장 공기에 서린 초크 냄새조차 희미한 상태로 집에 틀어박혀 글을 썼다. 좋아하는 운동에 대해 글을 쓰고 있으면서도 정작 그 운동을 할 수는 없는 상황이었다. 처음에는 그런 상황이 조금 답답하기도 했지만, 한편으로는 즐거웠던 기억을 떠올리며 복기하듯 글을 쓰는 것이 훗날 이 시기를 돌아봤을 때 더 의미가 있을 수 있겠다는 생각이 들었다.

아마 원고를 다 마무리할 즈음이면 다시 암장에 갈 수 있게 될 것이다. 운동을 쉰 지 약 한 달 만이다. 클라이밍에 있어 빈도가 얼마나 중요한지 알기에 초기화된 실력도 겸허하게 받아들일 준비가 되어 있다.

그러고 보면 신기하게도 클라이밍을 해온 기간 동안 내내 이와 같은 공백기가 종종 있었다. 몸이 아파서 때로는 부상을 당해서, 클태기가 와서 등. 하지만 그렇게 한두 달을 푹 쉬고 나면 다시 약속이라도 한 듯 암장으로 되돌아갔다. 언제부터인가 나에게 클라이밍은 하면 좋고 안 하면 그만인 취미를 넘어 일상에 자리 잡은 습관이 되어버렸다.

클라이밍은 이제 나에게 일종의 명상과도 같다. 스타트 홀드에 손을 모으고 심호흡을 내쉬는 짧은 순간, 나는 오직 나에게만 집중한다. 이제 막 암장에 다니기 시작한 사람보다 서툴다 해도 신경 쓰지 않는다.

이 운동을 하기 전까지만 해도 라이벌은 어제의 자기 자신이라는 말을 이해하지 못했으나 지금이라면 알 것 같다. 결국 오늘의 내가 어제의 나보다 한 뼘씩만 더 나아가면 된다.

비록 시간은 조금 걸리겠지만 다시 시작한 나는 분명 어제의 나보다 더 나을 것이다.

　당분간 내 인생에서 이만큼 잘 풀리는 문제가 또 있을까 싶다. 여전히 내 인생은 무료하고 심심하지만 그래도 암장에 가면 풀 수 있는 문제가 있기에, 내일은 또 어떤 문제가 나를 기다리고 있을지 기대된다. 클라이밍 덕분에 나는 이 지루한 삶 한가운데서도 내일을 기대하게 되었다. 내일은 오늘보다 더 나을 거라는 믿음으로 말이다.

일단 한번 매달려보겠습니다

어느 내향인의 클라이밍 존버로그

초판 1쇄 인쇄 2020년 10월 10일 **초판 1쇄 발행** 2020년 10월 20일

지은이 설인하
펴낸이 연준혁

편집 2본부 본부장 유민우
편집 9부서 부서장 김은주
편집 이선희
디자인 신나은

펴낸곳 ㈜위즈덤하우스 **출판등록** 2000년 5월 23일 제13-1071호
주소 경기도 고양시 일산동구 정발산로 43-20 센트럴프라자 6층
전화 031)936-4000 **팩스** 031)903-3893 **홈페이지** www.wisdomhouse.co.kr

ⓒ 설인하, 2020

ISBN 979-11-91119-28-2 03810

이 도서의 국립중앙도서관 출판예정도서목록(CIP)은 서지정보유통지원시스템 홈
페이지(http://seoji.nl.go.kr)와 국가자료종합목록 구축시스템(http://kolis-net.
nl.go.kr)에서 이용하실 수 있습니다. (CIP제어번호: CIP2020042011)